俳句と詩歌であるく鳥のくに

風信子 著

中野泰敬・戸塚学 写真

エゾフクロウ gt

風になりたや
風になりたや
鳥になりたや
鳥になりたや
鳥になったら
小さな木はその梢の上を
大きな木なら中ほどを
翼のさきでふれて飛び

あなたのそばに行って
あいたいものだが
私は神でないから
風にも鳥にもなれないが、
本当に風にでも
鳥にでもなって
あなたに逢いに行きたい

イヨハイオチシ（アイヌ叙情歌）

そらの
しずく？

うたの
つぼみ？

目でなら
さわっても　いい？

まど・みちお「ことり」

ヒバリ yn

第1章 鳥は鳥として

誇り高き鳥類——そのいとなみとくらし

飛鳥の翔けり／10　鳥雲に入る／12　羽霧る／14　鳥の羽風／16　羽衣／18　思い羽／20　口舌り／22　百囀り／24
瑠璃囀の鳥／26　鳥の妻恋／28　巣籠もり／30　初立ち／32　浮寝鳥／34　悴け鳥／36

第2章 水鳥くぐる

生命のゆりかご水辺——目にも涼やかな水禽のくに

翡翠／40　赤翡翠／42　山翡翠／43　鳰／44　鵜／46　白鷺／48　五位鷺／50　青鷺／51　雁／52　白鳥／54　鴛鴦／56
鴨／58　秋沙／60　鶴／62　丹頂／64　水鶏／66　鸛／67　千鳥／68　鳧／70　田鳧／71　鴫／72　鷗／74　海猫／75
百合鷗／76　鯵刺／77　海雀／78　善知鳥／79　●山原水鶏／67　●都鳥／76

第3章 小鳥さざめく

深山で庭先で——人に幸せをもたらす小禽のくに

時鳥／82　郭公／86　十一／88　筒鳥／89　梟／90　木菟／92　夜鷹／94　仏法僧／95　啄木鳥／96　雲雀／98　燕／100
岩燕／103　鶺鴒／104　山椒喰／106　鶫／107　鵙／108　連雀／110　鷦鷯／111　鵐／112　駒鳥／113　鶯／114　葭切／118　菊戴／120
鷚／122　瑠璃／124　三光鳥／126　四十雀／127　眼白／130　頬白／132　獦子鳥／134　猿子鳥／135　鶸／136　交喙鳥／137　鷽／138
斑鳩／139　雀／140　椋鳥／144　鳩／145　●岩雲雀／99　●雨燕／103　●雪加／121　●仙台虫喰／121　●眼細虫喰／121

第4章

高鳥かける

悠久の大空――疾く猛く天界を奔る猛禽のくに

懸巣／148
鵲／150
鳥／152
雉／154
山鳥／156
雷鳥／158
隼／159
鷹／160
鳶／165
鷲／166

第5章

鳥のくにと人のくに

古今東西――鳥のいない地球なんて考えられない

美しき鳥は何鳥／170
家つ鳥／174
鳥のことば／176
鳥ならぬ鳥／178
七十二候の鳥変化／179
「鳥のくに」いつまで／180

索引／184

引用文出典・参考文献／190

〈凡例〉

●第２～４章の見出しにあげた鳥名の掲載順はおおむね「日本鳥類目録 改訂第６版」（日本鳥学会、2000）に拠った。

●本書の性格から、科学的分類よりも伝統的名称を優先したところがある。また、章の分け方（水禽・小禽・猛禽）も厳密なものではない。

●異名は見出しの鳥名に続けて◎印以下に記したが、主要なもの、一般的なものにとどめた。

●文中の◆印は季語であることを示す。それぞれの色が表す季節は、奇数頁下欄外を参照。

●季語のうち季節に異説があるものについては『角川俳句大歳時記』（角川学芸出版編・発行／角川書店発売、2006）に準拠した。

●振り仮名は現代仮名遣いを採用した。

●鳥の写真には種名と撮影者クレジットを付した（yn 中野泰敬　gt 戸塚学）。

●第２～４章の欄外には、該当頁の種について生態を短くまとめた（執筆 中野泰敬）。

第1章

鳥は鳥として

誇り高き鳥類――そのいとなみとくらし

オオワシ *yn*

飛鳥の翔けり

ひちょうのかけり

わたしよ　わたしよ
白鳥となり
らんらんと　透きとほつて
おほぞらを　かけり
おほぞらの　うるわしいこころに　ながれよう

八木重吉「おほぞらの　こころ」

翔け鳥

かけどり

蒼穹のかなたに点として現れいで、ぐんぐん影をなしてくる**翔け鳥**。それは地にある者が憧れてやまない神秘の形。**天翔《あまが》ける鳥**、**飛鳥《ひちょう》**、**翅鳥《しちょう》**……。

あれは神の御使いか——人々は謹《つつし》んで天を仰いだにちがいない。古代、人の魂は鳥となって飛び立つと信じられていた。実際、彼らは人間など及びもつかない能力をもち、太陽光線、星座、磁気、匂い、音などをコンパスとして、めざす旅路を正確にたどる。

空を飛ぶ鳥のように動作のすばやいことを、畏敬の念をこめて**飛鳥の翔けり**、**翅鳥の翔けり**という。

おとうとよ忘るるなかれ天翔ける鳥
たちおもき内臓もつを

伊藤一彦『瞑鳥記』

コハクチョウ yn

岬《みさき》めぐりして知るや鳥の渡り筋　河東碧梧桐

小陵《こがら》島さへわたるや海は鳥の道　桜井梅室

鳥の路

とりのみち

皓《こう》と鳴き恍《こう》と応へて夜をわたる鳥のみが知る空の中みち　齋藤史『風翩翻』

遮《さえぎ》るものなどなさそうな空。それでも、鳥には鳥の路すじがあるらしい。**鳥の路**、**鳥の通《かよ》い路《じ》**という。比喩的に、虚空《こくう》そのものをさすこともある。

「風雲鳥路あり」（謝朓《しゃちょう》『文選《もんぜん》』）と詠われた**鳥路《ちょうろ》**は、翼あるものだけが到りうる高く険しい山の路、もしくは、一直線に飛んでいく鳥の路のこと。**鳥道《ちょうどう》**とも。山また山の峰々を結ぶ路は、**千峰《せんぽう》の鳥路**という。それが**鳥も通わぬ**となれば、絶海の孤島となる。

とりのみちわづかにかよふおくやま
にいりあひのかねのかすかなるこゑ
別田《わけだ》千穎《ちかい》『千穎集』

鳥雲に入る《とりくもにいる》

春を留《とど》むるに
関城《かんせい》の固《かた》めを用《もち》ゐず
花は落ちて風に随《したが》ひ
鳥は雲に入《い》る

尊敬『和漢朗詠集』

鳥引く《とりひく》

鳥とほくとほく雲に入るゆくへ見おくる　種田山頭火

春、日本で越冬したさまざまな鳥たちが北をめざして飛び立っていく。**鳥帰る**◆、**鳥引く**◆という。日永《ひなが》につれてホルモン分泌が高まり、内なる声にせきたてられての旅出である。

尊敬《そんぎょう》の漢詩から生まれた**鳥雲に入る**◆は、はるか雲間にまぎれゆく**引鳥**《ひきどり》◆への惜別。**鳥雲に**◆、**雲に入る鳥**◆と表現することもある。折から空模様は曇りがち。**鳥曇《とりぐも》り**◆という。**鳥雲**《とりくも》◆はその雲のこと。

わかる、や一鳥啼て雲に入る　夏目漱石

たましひの郷愁鳥は雲に入る　日野草城

かはたれの
そらの眺望《ながめ》の
わがこしかたの
さみしさよ。

そのそらの
わたり鳥、
世をひろびろと
いづこともなし。

山村暮鳥「独唱」

スズガモ *gt*

鳥渡る《とりわたる》

秋の空はにぎやか。十月も半ばをすぎると北方から客人たちが渡来する。**鳥渡る**◆、**鳥の渡り**◆。その正確さは**鳥**《とり》**暦**《ごよみ》になるほど。群れなして空をおおう様は、**鳥雲**《ちょううん／とりぐも》◆という。

小鳥来《く》**る**◆も、渡り鳥や山から降りてくる鳥を迎えたときのうれしさ。「小鳥この頃音もさせずに来て居りぬ」（村上鬼城）と、**小鳥**◆だけでも秋を語る。

この時期は、夏鳥たちが南へ帰る季節でもある。渡りは春と秋に見られる風物ながら、**渡り鳥**◆、**候鳥**◆といえば秋の季語。そのうち、日本に立ち寄るだけの**旅鳥**◆、近い距離で棲みかえる**漂鳥**◆、迷いこんでくる**迷鳥**◆も、俳句では秋に含める。

故郷《ふるさと》も今はかり寝や渡鳥　　向井去来

羽霧る

はねきる／はねぎる

鳥翼

とりつばさ

鳥類をさして**鳥翼**《とりつばさ》という。左右対称の見事なフォルムと計算されつくした機能——翼は、飛ぶという窮極の行為のために進化した「奇蹟の手」。

その翼で、水面を切るようにたたいて水しぶきを上げることは**羽切る**。**羽霧る**とも書くのは、無数の水滴が霧のように舞い上がるから。

幼鳥は親鳥にならって**羽遣い**《はづかい／はねづかい》を会得し、したたる深緑をぬって泳ぐ。

かし鳥の立ちの急ぎの羽づかひにこ
ぼれやしけむ木《こ》の葉《は》はらはら

橘曙覧《たちばなあけみ》『橘曙覧拾遺歌』

スズガモ *gt*

大きな鳥の羽ばたきに月は落ちんとす
種田山頭火

マナヅル *gt*

鼓翼《こよく》

大なる鷲の羽ばたき花園にきこゆときけば心をどりぬ
村山槐多

鳥がはたはたと羽を動かすことを**羽ばたく**、**羽たたく**という。**羽うつ**、**羽ぶく**、**羽ふる**などとも。リズムにのって太鼓を打つ姿になぞらえれば、**鼓翼**という表現になる。

キジやヤマドリの雄は、鳴くかわりに羽を打って雌の気をひく。**ほろろ打つ**、**ほろろかく**という。また、**羽掻き**《はが／はねが》は、翼をばたばたさせること。**翼を交わす**は鳥が互いに翼で抱きあう様で、転じて夫婦の睦まじさをたとえる。

鳥の羽風

とりのはかぜ

雁《かり》の飛ぶ羽音、
下りる時や速い、
焦茶色の羅紗《らしゃ》マント
ひゆうと振る音よ。

北原白秋「羽音」より

エリグロアジサシ *gt*

羽風

はかぜ

木伝《こづた》へばおのが羽風にちる花をたれにおほせてこゝらなくらん

素性『古今和歌集』

鳥が枝から枝に移るたびに、小風が立って花びらが舞いおちる。そのくらいの風流な空気の動きが**鳥の羽風**、**羽ぶきの風**。「咲いた桜に小鳥なとめそノホンヤ。鳥の羽風に花が散るノホンヤ」（歌舞伎踊歌）とうたわれる場面にもこの趣がただよう。のどかな春の眺め。

雁《かり》の羽風といえば、雁が飛ぶときに起こすほどの、ゆるやかでほんのちょっとした風。

野鴉《のがらす》の羽吹《はぶき》の風に散《ちら》されし名残《なごり》の枝の梅かをるなり

上田秋成『藤簍冊子《つづらぶみ》』

タンチョウ *gt*

白い鶴の羽音、
雪のよに白い、
白リンネルの幕の
スウと上《あが》つてく音がする。

北原白秋「羽音」より

羽音《はおと／はねおと》

羽音さへ聞えて寒し月の雁　松岡青蘿

榎《え》の実散る椋鳥《むく》の羽音や朝嵐《あさあらし》　松尾芭蕉

それぞれの鳥にそれぞれの**羽音**がある。**鳥風**《とりかぜ》◆は、春、北をめざして群れ飛ぶ渡り鳥たちの羽音。折から吹き起こる春嵐にも似て、空全体をかきまわして飛び去っていく。そこから、このころに吹く激しい春風のことも鳥風と呼ぶ。

興味深いのは、読み方によって意味も季節も違ってくること。**鳥風**《ちょうふう》◆は、群れなして秋空を渡りくる鳥たちの羽音。**羽音**《ういん／うおん》◆は冬の異称。

羽衣《うい》

チュウサギ *yn*

雌鳥羽《めとりば／めどりは／めんどりば》

軽くてやわらかい**羽毛**。これを衣とみて**羽衣**という。空飛ぶ天人や天女がまとうのは**羽衣**《はごろも》。光を透す薄衣《うすぎぬ》は、鳥の羽で織ると信じられていた。

「鳥は鳥とて羽づくろひ、／人は人とてものおもふ。」（蒲原有明「人は人とて」）

――いかにも、鳥は鳥であることを日々怠りない**羽繕**《はづくろ／はねづくろ》**い**で証明している。

鳥が降り立ったとき、左右の翼は先端を交叉させてたたまれる。この重なる部分を**羽交**《はが》**い**といい、翼そのものをさす言葉にもなる。また、雌鳥は右の羽を左の羽でおおってたたむといわれることから、右を下、左を上にする重ね方を**雌鳥羽**あるいは**鳥羽**《とりは／とりば》と呼ぶ。

葦辺《あしべ》ゆく鴨《かも》の羽交《はがい》に霜ふりて寒き夕《ゆうべ》
は大和《やまと》し思ほゆ　志貴皇子『万葉集』

蒲《がま》暗き　夏沼《なつぬ》にひそむ
羽抜鳥　力も抜けて、
影のごと　おとろへながら
天翔《あまが》けむ　願《ねがい》を棄てず、
秋風《あきかぜ》の　吹く日待ち得て
大空に　飛ばんとかする、
葉がくれに　頸根《うなね》かしげて
つかれたる　眼《まなこ》しろがず、
吐く息も　あるか無きかに
高く行く　はなれ雲《ぐも》見る。

幸田露伴「羽抜鳥」

オナガガモ♂冬羽 *yn*

オナガガモ♂エクリプス *yn*

エクリプス
eclipse

羽毛は汚れやすく傷みもする。繁殖が終わった夏は**羽換《はが》え**の季節。**鳥の換《かえ》羽《ば》**◆という。ふたたび生えそろうまでは**羽抜《はぬけ》〔脱〕鳥《どり》**◆に甘んじなければならない。**諸鳥《もろどり》毛を替うる**◆とき、水鳥では一時的に飛べなくなる種もいて、泳ぐか、ひたすら歩いてすごす。

タカの**換羽《かんう／かえば》**には、**とがえり**という特別な言い方があり、**とがえる鷹**◆などと使われる。

秋、地味な**夏羽《なつばね》**から鮮やかな**冬羽《ふゆばね》**にかわるのはカモ類の雄。かわり目の姿は、びっくりする現象という意をこめて**エクリプス**（天体の食《しょく》のこと）と呼ばれる。

首筋の今猫寒し羽ぬけ鳥　吉分大魯
羽抜鳥高き巌《いわお》に上りけり　前田普羅

思い羽

おもいば／おもいばね

オシドリ *gt*

おもひ羽を高くあげ居り雪の鴛鴦《おし》　原石鼎

初冬の水辺にオシドリの雄が、橙色の**飾り羽**をぴんと立てて泳いでいる。**銀杏《いちょう》羽**◆、**剣《つるぎ》羽**◆とも呼ばれる、雌をひきつけるための大事な勝負服。**鴛鴦《おし》の思《おも》い羽《ば》**という。

夕霜に身はさかるれど鴛鴦《おしどり》のつま思ひ羽はあだに重ねず　橘曙覧『志濃夫廼舎《しのぶのや》歌集』

かつて、その**思い羽**◆を嫁ぐ娘の鏡の裏にしのばせてやるならわしがあった。夫婦愛の筆頭にあげられてはきたが、皮肉にも自然界のオシドリは年ごとに相手をかえているらしい。

鴛鴦や下行《したゆく》水に八重の色　馬場存義

鴛鴦や十二の裾のはねかへり　溝口素丸

ミヤマカケス *gt*

名も無く貧しく美しく生きる
ただびとである事をおまえも喜べ。
しかし今私が森で拾った一枚のかけすの羽根、
この思い羽の思いもかけぬ碧さこそ
私たちにけさの秋の富ではないか。

尾崎喜八「或る晴れた秋の朝の歌」より

カケス、クジャク、カモ、キジなどの雄も思い羽に恋心をこめる。ゴクラクチョウの羽、オナガドリやヤマドリの長い尾羽もそれ。玉虫色の金属光沢をもったカモ類の**翼鏡**《よくきょう》、ヤマセミやヤツガシラの**冠羽**《かんう》には、思わず人も目をうばわれる。

樫鳥の羽根の下羽の濃《こ》むらさき風に
吹かれて見えたるあはれ

若山牧水『黒松』

口舌り《ぐぜり》

片鳴き《かたなき》

鳥の鳴き声は**鳥語**《ちょうご》、**鳥声**《ちょうせい》。時には小声で**口舌る**こともある。繁殖期以外は、雄も雌も地味な**地**《じ》**鳴**《な》**き**で交信している。ウグイスの地鳴きは、特別に**笹**《ささ》**鳴**《な》**き**◆、**小鳴**《ささな／こな》**き**◆と呼ばれる。

ひな鳥が幼い舌で鳴くのは**片鳴き**、**片声**《かたこえ》。この時期、美声の成鳥の傍におけば、長じてその道の上手になる。これを**付子**《つけこ／つけご》といい、師匠役は**押親**《おしおや》。ついこ近年までウグイスやヒバリ、ホオジロなどでさかんに行われていた。**鶯の付子**◆、**鶯の押親**◆は、ともに夏の季語とされる。

笹鳴の飛ぶ金色や夕日笹　原石鼎

笹鳴の穏密の声しきりなる　川端茅舎

ささ鳴きの枝うつりゆく夕ごころ　横光利一

きりさめかかるからまつの
もえぎのめだちついばむか。
うぶげのことりねもほそく、
みしらぬはるをみてなけり。

北原白秋「ことりのひな」

さゝ鳴や愁はいつも新しき　竹久夢二

ウグイス *yn*

初声《はつこえ》

初声◆は元日の朝早くに聞く諸鳥《もろどり》の声。ただし、これは陰暦の感覚、陽暦の正月には鳥の姿もまばらで、まだ囀《さえず》りというわけにもいかない。とはいえ**初雀**《はつすずめ》◆も**初鴉**《はつがらす》◆も**初鶏**《はつどり／はつとり》◆も、新春一番に聞けばめでたい。

対して、**初鳥**《はつとり》はその季節に初めて鳴く鳥、**初音**《はつね》はその声。これを初声ということもあって、多少の混乱が生じている。正しくは、**鶯の初音**◆は春、**時鳥**《ほととぎす》**の初音**◆は夏になって耳にする。

ウグイスを飼育して新春に鳴かせ、**初鶯**《はつうぐいす》◆とよろこんだ日もあった。夏になってウグイスが鳴き止むことは**鶯音**《ね》**を入**《い》**る**◆。**音を入る**とだけでもウグイスのこと。

初鶏の声山光の空はしる　臼田亜浪

鶯や音を入れて只青い鳥　上島鬼貫

ウグイス *yn*

◆新年　◆春　◆夏　◆秋　◆冬

百囀り《ももさえずり》

鳥囀る《とりさえずる》

「つれづれを何につけてか慰めんももさえつりの鳥なかりせば」（藤原仲実『永久百首』）——楽しげな鳥の声々は心の贅沢。**百囀り**という。漢語では**百囀**《ひゃくてん》、**千囀**《せんてん》、**千声**などと表現する。

キビタキ *yn*

コマドリ *yn*

耳を澄ますと、**鳥の歌**はいくつかの句の集まり。若鳥たちは自信なげに**小《こ》囀り**をくり返し、しだいに**歌の結晶化**がはかられていく。囀りだす時期は種によって異なるが、**囀り**◆も**鳥囀る**◆も春の季語。

鶯の舌濃《こま》やかに成にけり　松瀬青々
暁雀ものがたるごと囀れる　原石鼎
囀やあはれなるほど喉ふくれ　原石鼎
囀りに何かうれしき想ひあり　原民喜
さへづりや昏《く》れなやみゐる野の一樹《いちじゅ》　木下夕爾

気がるな雲雀《ひばり》、空の鳥、
目白、頬白、とりどりに
鳴いてさへづる昼の鳥、
楽しい楽しい歌ひ鳥。
北原白秋「小鳥の歌ひ手」より

オオヨシキリ *yn*

ソングポスト　song post

木の枝や庇《ひさし》の先で、胸をそらして可愛らしく口を開けている鳥。そこはスターのお立ち台、**ソングポスト**。声の文目《あやめ》をたくみにかえて、夢中の様子。

美しい声で鳴く鳥を**鳴禽**《めいきん》、**歌鳥**という。平安時代に貴族の娯楽として始まった**鳴き合わせ**は、**飼い鳥**の声のよさを競うもの。江戸時代には庶民にもひろがり、**鶯合わせ**◆は春、**鶉《うずら》合わせ**◆は秋の季語に。

瑠璃囀の鳥

るりてんのとり

五月野《さつきの》の昼しみら
瑠璃囀の鳥なきて
草長き南国《みなみぐに》
極熱《ごくねつ》の日に火《も》ゆる

伊良子清白「五月野」より

コルリ *yn*

鶯は瑠璃の壺より初音哉　沢露川

うぐひすの青き音を鳴《なく》こずゑかな　上島鬼貫

声よき鳥は天が下したオルゴール。澄んでまろく、珠のようにゆらく歌声は、みずみずしい色の記憶と結ばれて、心の耳にも長くとどまる。

日本では、ウグイス、コマドリ、オオルリ、この三種が**鳴鳥《めいちょう》の王**として知られ、いずれおとらぬ美声の持ち主。**日本三鳴鳥**、**三名鳥**ともいう。

ここに、南国の陰暦五月をうたった詩が一つ。抜けるような空を背に、作者の耳を撫でつづけた**瑠璃鳥**◆の声は、いかなる**囀鳴《てんめい》**であったろうか。**瑠璃囀の鳥**という表現が、魔法のように色と音とをしのばせる。

オオルリ gt

鳥の妻恋《とりのつまごい》

ショウドウツバメ *gt*

鳥つるむ《とりつるむ》

鳥の妻恋◆はひたすら健気《けなげ》。ついやされる雄のエネルギーは並大抵ではない。装い、鳴き、ひたすら自己顕示にはげむ。**鳥の恋**◆ともいう。思い叶って**番鳥**《ばんどり／つがいどり》になれれば、**鳥つがう**◆、**鳥つるむ**◆、**鳥交《さか》る**◆季節の到来。

ところが、雌鳥はよりすぐれた遺伝子を受け取るべく、長い尾とか囀り上手といった雄が来れば、こっそり愛を受け入れたりもする。拒むときは身を伏せて抵抗し、大声で騒ぐ。かくして父鳥のほうは、知らない間にほかの雄のひなにまで餌を運ぶことに。

生きものゝかしこくこゝに鳥交る　松瀬青々

三月の小鳥たちが、ぼくに恋をするよう勧める。
今朝、目覚めると、小鳥たちの新しい歌がはじまっていた。
一羽の雀がしきりに勧めていた。さてぼくは何をしようか？

フランシス・ジャム／手塚伸一訳「わたしはハンブルグにいた……」より

タンチョウ gt

ディスプレイ display

見とれてしまうほど美しいのは翼で愛を語る**ディスプレイ**。ツル類、カモ類などが、鳴き交わしながらダンスのような仕草で思いを表す。また、繁殖期の雄は、脚やくちばしなどが鮮やかな**婚姻色**に染まることが多い。

この時期は、いろいろな鳥が急降下したり追いかけあったりして落ちつかない。**ディスプレイフライト**といい、番《つがい》が成立するにつれ鎮《しず》まっていく。

巣籠もり

すごもり

鳥のこころを君知るや、
身は雨降りて冷ゆるとも、
雛を素直に育てばや、
育てし雛を、吹く風も
塵も無き日に放たばや。

与謝野晶子「小鳥の巣」より

巣守鳥

すもりどり

うれしくも屋根に小鳥は巣を作る淋しきときは彼らを思ふ　尾形亀之助

鳥のほとんどはシーズンごとに一夫一妻の契りを結び、**巣構え**◆をする。**巣をくう**◆、**巣を組む**◆などともいう。**孕《はら》み鳥**◆、**子持ち鳥**◆となった雌が卵を産むと、番《つがい》はたちまち**巣守鳥**◆。**巣籠もり**◆、**巣隠れ**◆して外敵にそなえる。

生まれる直前のひなたちはというと、「鳰《にお》のたまごの鳰のこゑ、／生れぬまへの息もする。」（北原白秋「蕾」）。互いに合図しあってくちばしの先の小さな突起（**卵歯**）で殻を破り、いっせいに出てくる。

一方、**托卵**《たくらん》という方法で、ちゃっかり他種の鳥の巣に卵を産み、子育てごとまかせてしまう鳥もいる。

コアジサシ *gt*

カワウ *gt*

ぬくめ鳥

ぬくめどり

ひな鳥が親鳥の羽につつまれていることを**羽ぐくもる**という。ここから**羽**《は》**含**《くく》**む**という言葉が生まれ、**育む**になった。ひなを抱く**親鳥**◆は**ぬくめ鳥**。これは異なる意味で冬の季語にもなる。＊一六〇頁

黄なる口あく限りあけて鳴く雛に心くるはす親燕かな　橘曙覧『橘曙覧拾遺歌』

至福の育雛《いくすう》期、巣の中には餌をねだるひなの口が開きっぱなし。その粘膜色に刺激され、親鳥は餌探しに奔走《ほんそう》する。ひな鳥のくちばしが黄色いこと、またはそのひな鳥を**黄口**《こうこう》といい、若く経験の浅いことや人のたとえになる。巣にいる鳥たちは**巣鳥**◆。

花の如き口をあけたり燕の子　青木月斗

雀子や親と親とが鳴きかはす　村上鬼城

ヒバリ *gt*

初立ち《ういだち》

シジュウカラ *yn*

巣立鳥《すだちどり》

郭公《ほととぎす》ういたつ山をさと知らば木のまを行きて聞くべきものを

曾禰《そね》好忠『曾丹《そたん》集』

鳥が初めて巣の外に出ることを、擬人化して**初立ち**という。さらに成長したひなが自分で飛べるようになって巣を離れることは、**巣立ち**◆、**巣離れ**◆。**巣立鳥**◆は、親鳥の近くで生活しながら独り立ちの技をみがいていく。自然界は厳しく、八割以上が一年をこすことなく命を落とすという。

塊《つちくれ》も心おくかよ巣立鳥　　小林一茶

巣をたちて鳥の心はあともなし　　夏目成美

鳥の巣の鳥空《から》になる好き日和　　千家元麿

別れ鳥《わかれどり》

鳥の繁殖は一年周期。どんなに仲睦まじい家族でも、時がくれば次の年の準備をしなくてはならない。巣立ちも終わり、ついに**幼鳥**が親鳥から離れていくことを**別れ鳥**◆という。カラスについては、**別れ鳥**◆、**七月の別れ鳥**◆などの言葉がある。

渡り鳥の場合は、渡りの途中、あるいは繁殖地に到る直前に、**子別れ**をするといわれる。なかには、親鳥が先に渡りを開始する種もある。取り残された**若鳥**は数日遅れで親のあとを追い、見たこともない海を渡る。

バン yn

浮寝鳥《うきねどり》

冷え冷えとしたなかに横《よこた》はつて、まだはつきりと目のさめきらないこのかなしさ。おまへのからだのなかにはかぎりない夢幻がきれぎれにただよつてゐて、さびれた池の淡い日だまりに、そのぬくもりにとりすがつてゐる。

原民喜「浮寝鳥」

マガン *yn*

ホシハジロ *gt*

浮寝鳥また波が来て夜となる　寺山修司

倒れ木のある水澄める浮寝鳥　大須賀乙字

舟形の体をもち、多くは水かきのある脚で遊泳しながら移動する**水鳥**◆。尾の付け根にある脂腺から脂が出て、これをくちばしで羽に塗りつけ、水に耐える。**水禽**《すいきん》◆、**游禽**《ゆうきん》◆ともいう。冬鳥として渡ってくるものが多く、川や湖沼や海などで冬場に集中的に見られるため、冬の季語になっている。

眠るときは頸《くび》を翼の間にもぐらせ、水に浮いたまま。そこから、**浮寝鳥**◆、**浮寝の鳥**◆、**浮鳥**《うきどり》◆などの名がついた。また、「うきね」の音は「憂き寝」と同じ。そのため和歌の世界では、涙にくれて独り寝る姿にたとえられた。

水鳥のかもの浮寝のうきながら浪の
まくらにいく夜経ぬらむ　河内『新古今和歌集』

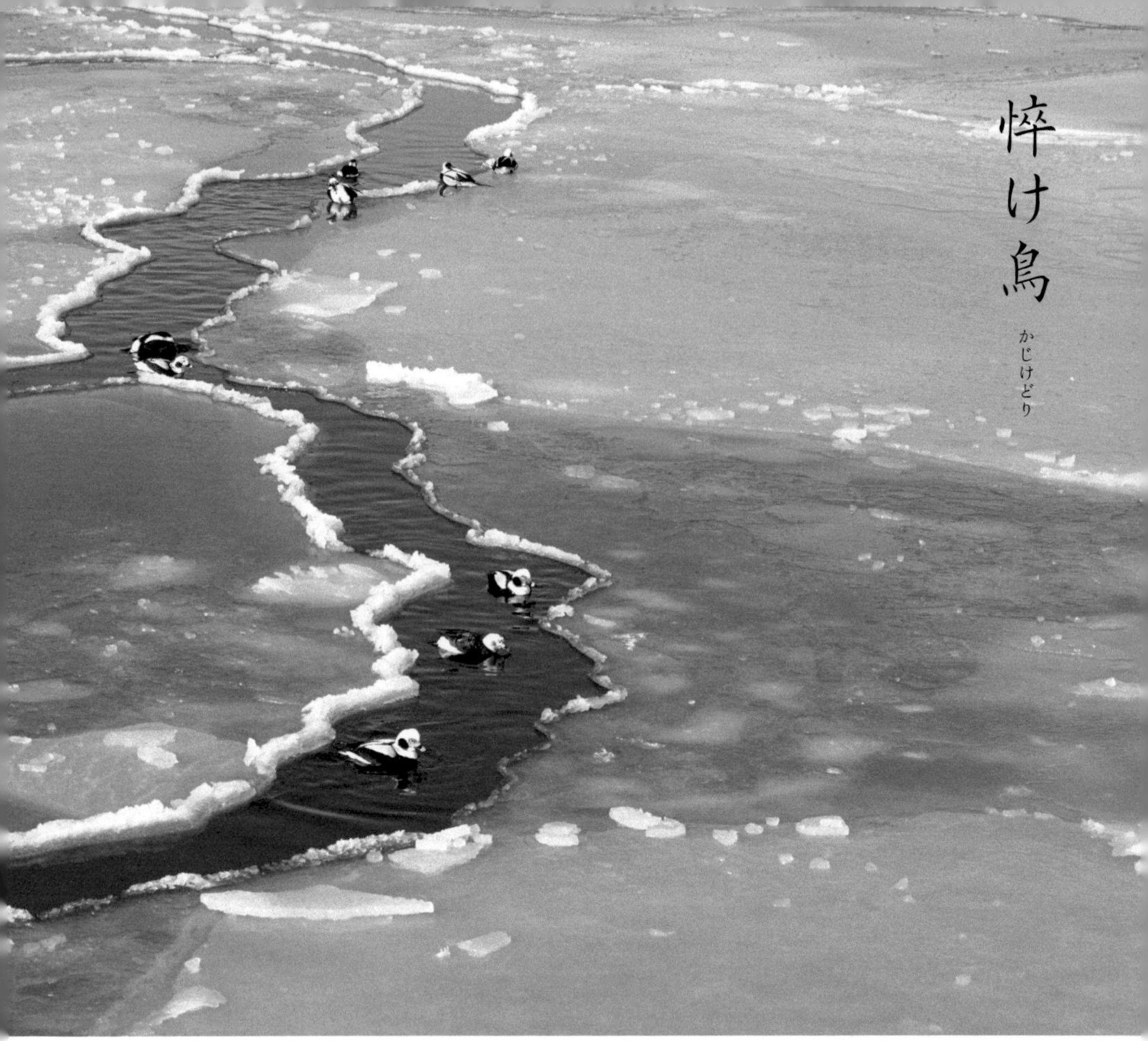

悴け鳥《かじけどり》

凍鳥《いてどり》

厳しい寒さに耐えながら、じっとかたまって動かない鳥。**悴け鳥**◆、**凍鳥**◆を見れば、おのずと心が引き締まる。寒《かん》の内《うち》に見かける鳥、広くは冬に姿を見せる鳥を、**寒禽**《かんきん／かんどり》◆、**冬鳥**◆、**冬の鳥**◆という。

寒禽となり了んぬる鵙《もず》一羽

竹下しづの女

雪の降る日に柊《ひいらぎ》の
あかい木の実がたべたさに、
柊の葉ではじかれて、
ひよんな顔する冬の鳥、
泣くにや泣かれず、笑ふにも、
ええなんとせう、冬の鳥。

薄田泣菫「冬の鳥」

コオリガモ gt

暗みゆく「想《おもい》」の空より
霙《みぞれ》は、今池の面にしづれ落つれど、
浮びて身じろがぬ
水禽《みずどり》の夢見ごこち。

蒲原有明「水禽」より

雪鳥《ゆきどり》

雪に来て美事な鳥のだまり居る　原石鼎

天地が銀色の結晶におおわれる日、**雪鳥**◆たちは木の枝々にもぐりこみ、羽毛をふくらませながら、音もなく落ちてくる氷の舞いを見つめているのだろうか。

と思えば、雪間をさっと飛ぶ鳥がいる。白い白い新雪の上に足跡をつける鳥、雪帽子をかむってしまった鳥、なかには雪浴びをする鳥も。**雪中鳥**はひそやかに力強い。

鵯《ひよどり》のそれきり鳴かず雪の暮　臼田亜浪

鴛鴦《おし》の羽に薄雪つもる静《しずか》さよ　正岡子規

やどるべきこのまもなくて飢鳥のなく
こゑかなし雪はふりつゝ

大隈言道『草径集』

第2章

水鳥くぐる

生命のゆりかご水辺――目にも涼やかな水禽のくに

マガモ *gt*

翡翠《かわせみ》

◎翡翠《かわせび》　翡翠《ひすい》　少微《しょうび》　しょうびん　川蟬《かわせみ》　川雀《かわすずめ》　州鳥《すどり》　そに　そに鳥《どり》　水狗《すいく》　魚狗《ぎょく》　魚師《ぎょし》　魚虎《ぎょっこ／うおとら》
鴗《そび／りゅう》　鴗天狗《そびてんぐ／りってんぐ》　翠碧鳥《すいへきちょう》

そに鳥の《そにどりの》

よろこびかのぞみか我にふと来る翡
翠の羽のかろきはばたき

片山廣子『翡翠』

「見た！」と思わず叫びそうになるのは**翡翠**◆に遭遇したとき。その類まれな羽色と俊敏な身のこなしに、見守る者は瞬《まじろ》ぎを忘れてしまう。そして誰かれとなく告げたくなる。出会ったという、ささやかだけれどこのうえない僥倖《ぎょうこう》を。

「かわせみ」は川の蟬の謂《いい》らしいが、古くは**そに鳥**と呼ばれ、**そに鳥の**は「青」にかかる枕詞。漢名では**翡**が雄で、**翠**が雌とされる。宝石の**翡翠**は、この鳥の羽色になぞらえて同じ名前を得たもの。

一年を通して全国の河川や湖沼で見られ、冬には街中の池などでも目にする。水面に突き出た杭などにとまり、水中にダイビングして魚を捕らえる。

翡翠や羽を粧ふて水鏡　沢露川

川蟬の風かほるかとおもひけり　大島蓼太

翡翠や魚得てかへるもとの枝　酒井抱一

川せみと云ふ時魚を咥へ飛　青木月斗

翡翠の杭に動かぬ夕立かな　河東碧梧桐

翡翠の影こんこんと溯り　川端茅舎

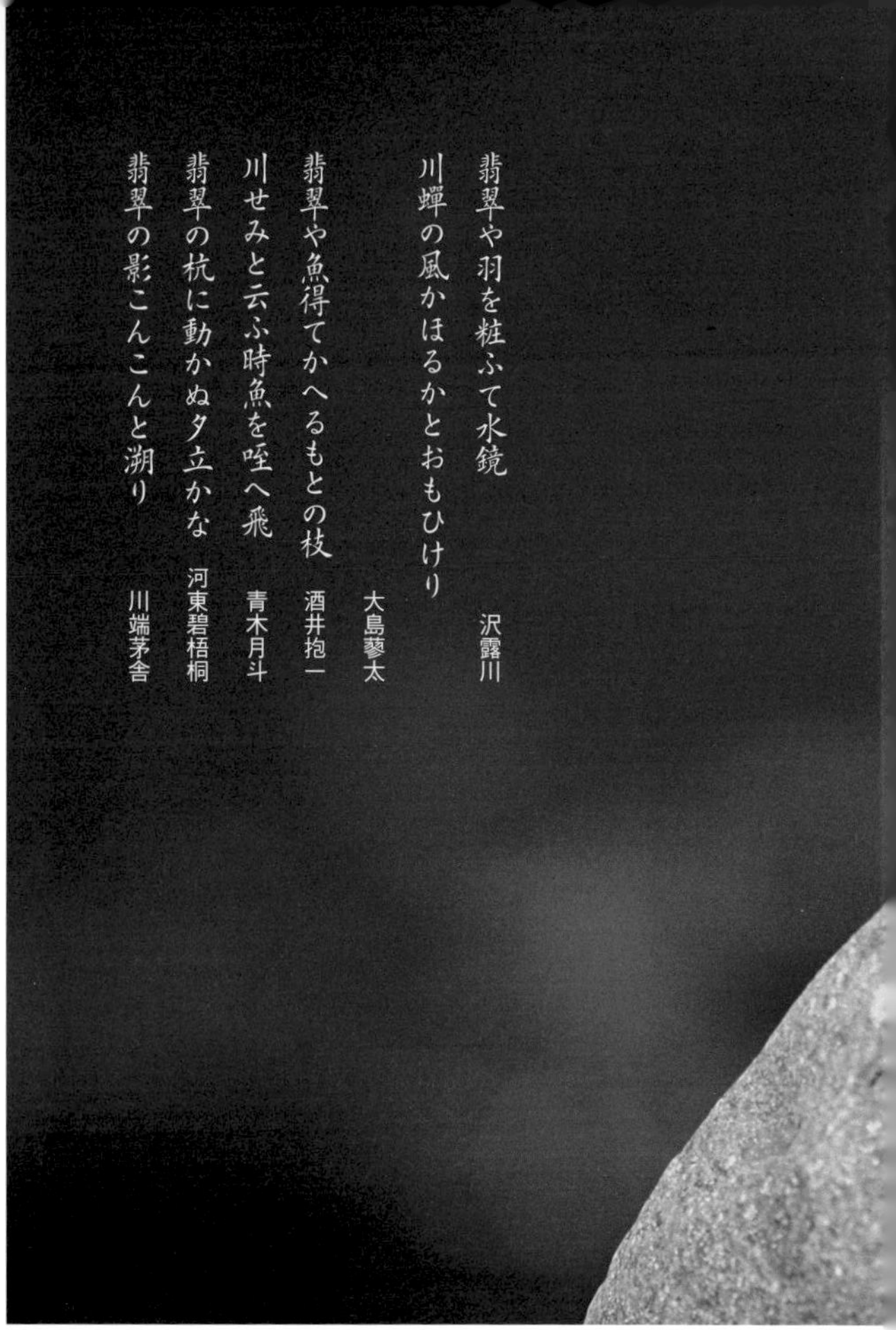

カワセミ *yn*

翡翠のかんざし《ひすいのかんざし》

その昔、ゆたかな黒髪は女性の命ともいわれ憧憬の的となっていた。そして艶やかな光沢のたとえにはカワセミの羽の輝きが選ばれる。「御髪《みぐし》はゆらゆらと、翡翠とはこれをいふにや」（伝菅原孝標女『夜の寝覚』）といった具合。**翡翠のかんざし**といえば緑に薫る黒髪のこと。翡翠と聞いただけで、麗しい女人を思いうかべるほどであった。

翠《すい》は羽を以《もっ》て自らを残《そこな》う、あるいは**翡翠《ひすい》は羽を以て自ら害《そこな》わる**とは、長所は災いのもとの意。美しい羽がゆえに人に捕られ悲運の道をたどるから。

赤翡翠

あかしょうびん

◎雨乞鳥《あまごいどり》　水乞鳥《みずこいどり》　水恋鳥《みずこいどり》　深山翡翠《みやましょうびん》　赤翡翠《あかひすい》　南蛮鳥《なんばんどり》　きょうろろ　きょろろ　きょろん

夏の日にもゆる我が身のわびしさに
水乞鳥の音《ね》をのみぞなく
伊勢『夫木和歌抄』

新緑や水恋鳥が啼きしと云ふ
渡辺水巴

沢の雨赤せうびんの声ふるふ
山谷春潮

アカショウビン *gt*

こつかるの洗い雨

こつかるのあらいあめ

燃える羽色の**赤翡翠**◆は山に棲む赤いカワセミ。赤トウガラシそっくりなくちばしには、**南蛮鳥**という名こそふさわしい。方言として、**緋鳥**《ひどり》、**猩々**《しょうじょう》**翡翠**《しょうびん》などとも呼ばれる。

雨が降りそうなときに決まって鳴くという言い伝えもあちこちに。水を欲しがって鳴くのだという想像から、**雨乞鳥**、**水乞鳥**、**水恋鳥**などの名がついた。**こつかるの洗い雨**は沖縄八重山のことわざ。「こつかる」とはアカショウビンのことで、その鳴き声によって梅雨の到来を知るという。

水恋鳥とひとぞをしへし燃ゆる火の
くれなゐの羽根の水恋鳥と
若山牧水『黒松』

夏鳥として湿り気の多い深林に渡来し、カエルやトカゲなどを捕らえて食べる。「キョロロロロ…」と尻下がりに鳴き、早朝に声を聞くことが多い。

ヤマセミ *gt*

山翡翠

やませみ

◎鹿《か》の子《こ》翡翠《しょうびん》　鹿の子鳥《どり》　華《か》〔花〕斑鳥《はんちょう》　甲〔兜〕鳥《かぶとどり／かぶとちょう》　山魚狗《やませみ》　山神主《やまかんぬし》　川禰宜《かわねぎ》

華斑鳥《かはんちょう》

山に棲むカワセミの意味で「やませみ」という名は古くからあったが、江戸時代まではアカショウビンや旅鳥のヤマショウビンなどと混同されてきた。はっきり区別されるようになったのは昭和になってから。現在の**山翡翠**◆は、白黒の粋なまだら模様をもち、頭に逆立つ冠羽をたずさえた、愛らしくも風格のある鳥。名づけて**山神主**、**川禰宜**。一方、**鹿の子鳥**、**鹿の子翡翠**の名は体の鹿の子斑から。これを花とみて、**華〔花〕斑鳥**とも呼ぶ。

ハトくらいの大きさ。一年を通して山地の渓流や大きな湖、ダム湖などに棲む。飛びながら「キャラ、キャラ」とよく鳴き、その声で存在を知る。

鳰

かいつぶり

◎かいつむり　鳰《にお》　鳰鳥《におどり／みおどり》　息長鳥《しながどり》　潜り鳥《むぐどり》　一丁潜り《いっちょうむぐり》　八丁潜り《はっちょうむぐり》　八尺鳥《やさかどり》　たくみ鳥《どり》
むぐっちょ　むぐり　もぐり　浮巣鳥《うきすどり》　鵁《とう》　鷿鷈《へきてい》

沼の真菰の
冬枯れである
、、、、
むぐつちよに
ものをたづねよう
ほい
どこいつたな
山村暮鳥「ある時」

カイツブリ *gt*

鳰の湖《におのうみ》

秋風のさつと吹きけり鳰の海
河東碧梧桐

古《いにしえ》より琵琶湖には**鳰**◆が棲み、**鳰の湖**〔**海**〕と呼ばれてきた。にぎにぎしく群棲するのではなく、そこここで小さな音をたてて潜ったり浮かんだりしてすごすカイツブリ。湖面の静けさ遥けさ寂しさなどを際だたせ、冬の風景として鑑賞された。「湖や渺々《びょうびょう》として鳰一つ」（正岡子規）のようにどことは書かれていなくても、冬の琵琶湖の情景が目に浮かぶ。数ある異名のほとんどは潜りのうまさから。**鳰鳥《におどり》の**は「潜《かず》く（もぐること）」にかかる枕詞。

にほ鳥《どり》の潜く池水こころあらば君に
わが恋ふる情《こころ》示さね
大伴坂上郎女『万葉集』

一年を通して池や湖沼で見られる。夏の繁殖期には「ケレレレレ…」と鳴き、ヒナを背に乗せて泳ぐ姿を見ることもある。潜水して小魚を捕る。

水かぶりたかぶりをどり鳰暫し　原石鼎

かいつぶりさびしくなればくゞりけり　日野草城

一つ行きてつゞく声なし鳰　渡辺水巴

鳰鳴くや水も夏なる雲の影　臼田亜浪

かひつぶりつぶりと水に入りしまゝ
見えずなりたり秋の夕ぐれ　幸田露伴

日暮《ひぐ》るればまた出《い》でて啼く鳰のこゑ
岸に響くまでに池静まれり　中村憲吉『しがらみ』

カイツブリ yn

鳰の浮巣《におのうきす》

雨ひねもす鳰の浮巣の寄辺なき　徳田秋声

カイツブリは、琵琶湖にかぎらず淡水の湖沼で普通に見られる鳥である。春から夏にかけての繁殖期には、多くの**水鳥の巣**◆がそうであるように、水上に巣を結ぶ。その在りようが人の目にはなんともこころもとなげに見え、**鳰の浮巣**◆は不安定なことのたとえとなる。**葦巣《いそう》の悔い**も同じ意味。しかし実際は、湖底にさした木の枝などにしっかり固定され、おいそれとは流されない作りになっている。

鳰の巣の見え隠れする波間かな　村上鬼城

鳰の子に水走りくる親のあり　松本たかし

鵜《う》

◎鵜の鳥　水烏《みずがらす》　島《しま》つ鳥《とり》　海鵜《うみう》　川《かわ》〔河〕鵜《う》　姫鵜《ひめう》　鸕鷀《ろじ》　＊漢名の鵜《てい》はペリカンのこと。

カワウ gt

疲れ鵜《つかれう》

鵜のつらに篝《かがり》こぼれて憐也《あわれなり》　山本荷兮《かけい》

つかれ鵜の腮《あぎと》に月のしづく哉《かな》　大伴大江丸

鵜篝《うかがり》◆がゆれるなか、**鵜縄《うなわ》**◆につながれて魚を喉にためる**鵜**◆のいたいたしさ。**鵜飼《うか》い**◆によせる複雑な思いは、「おもしろうてやがて悲しき**鵜舟《うぶね》**◆かな」の松尾芭蕉にかぎらず多くの俳人によって詠まれている。**疲れ鵜**◆という言葉には、哀切の情がこもる。この伝統漁法を司る**鵜匠《うじょう》**◆の胸には、いつも鳥たちへの感謝と労《いたわ》りとある種の哀しみとが去来したことであろう。

ひいき鵜は又もからみで浮《うき》みけり　小林一茶

カワウは北海道から九州までの河川や池、湖などで見られ、樹上で集団繁殖する。朝や夕方、編隊を組んで飛行し、時には街中で見ることもある。

ウミウ gt

鵜とゝもにこゝろは水をくゞり行《ゆく》　上島鬼貫

鵜の嘴《はし》に魚とりなほす早瀬かな　加舎白雄

鵜の群るるいくりを隠岐の涯《かぎ》りとす　長谷川素逝

春海や浪間がくれに荒鵜飛ぶ　村上鬼城

鵜ならむか雲渡る時首長く　原石鼎

島つ鳥《しまつとり》

自然の中で生きるウは、きわめて精《せい》悍《かん》で形のよい鳥である。岩場に群棲する**島つ鳥**こそ本来の姿。「島つ鳥」は「鵜」にかかる枕詞でもある。

ウといえば鵜飼いと、連想の糸はそこでとぎれて、習性についてはあまり知られていないかもしれない。じつは羽の防水機能は必ずしもよくなく、日和をみては翼をひろげ羽毛を乾かしている。

鵜の咽喉《のど》はまじないの言葉。魚の骨が喉に刺さったとき、これを三回唱えてさするとはずれるとか。**鵜の目鷹の目**は、獲物を追う鳥のように一心不乱にものを探す様子。鳥はひたむき、人はその足下にも及ばない。

白鷺

しらさぎ

◎白鳥《しらとり／しろとり》　白鷺《はくろ》　雪客《せっかく》

白鷺は
さうれいの気をつらぬいて啼く、
地平をのぼる陽《ひ》とともに。

白鷺は
羽ばたき、羽ばたく、
蘆の葉をふるはせて
水のしづくを、真珠のやうにふりまく。

それも束の間、
白鷺は、ひかりのなかへ
影のやうに消えてしまふ。

大木惇夫「白鷺」

雪に白鷺

ゆきにしらさぎ

しら鷺や青くもならず黴《つゆ》の中《うち》

伊藤不玉

白鷺◆とは羽毛の色が雪白《せっぱく》のサギの総称で、ダイサギ、チュウサギ、コサギ、アマサギなどをさす。越後では、真っ白いもののたとえに**寒《かん》の兎か白鷺か**というそうである。**雪に白鷺**は区別がつかないこと。

深緑にも水にも映える白鷺は一般に夏の季語とされるが、じつは四季をとおして詠まれている。

冬鷺《ふゆさぎ》◆は冬に見かけるサギのことで、白鷺にかぎるわけではないものの、留鳥であるコサギの羽色は、枯れがれとした冬景色の中にあって浮きたつ白さではっとさせる。

日本では 19 種のサギが確認され、そのうち 15 種が繁殖している。池や水田などの湿地を好むサギもいれば、林を棲みかにしているサギもいる。

サギの群れ yn

闇ふかく鷺とびわたりたまゆらに影
は見えけり星の下《した》びに

古泉千樫『川のほとり』

藻の花をはなれよ鷺は鷺の白　立花北枝
白鷺や夕立ぬけて松のうへ　蓑田卯七
白鷺のみの毛の露や今朝《けさ》の秋　りん女

春浅き水を渉るや鷺一つ
白鷺のひそむ田面や五月雨
白鷺や秋の空から落ちて来る

河東碧梧桐

五位鷺《ごいさぎ》

ゴイサギ *yn*

◎五位　夜烏《よがらす》〔鴉〕　背黒五位《せぐろごい》　くらいのとり　なべさぎ　なべかぶり

稲妻や闇の方《かた》行く五位の声　松尾芭蕉

月清し水より立《たち》て五位の声　志太野坡

去ぬる雁いつとしもなく五位の声　河東碧梧桐

五位鷺の嫁入り《ごいさぎのよめいり》

吾位鷺《ごいさぎ》のするどき声に今しわれ思ひ居《い》しことふと忘れたり　九條武子『金鈴』

五位鷺◆の仲間は**笹五位《ささごい》**◆、**葭五位《よしごい》**◆、**溝五位《みぞごい》**◆など。名前の由来は『平家物語』。京都神泉苑の池で羽繕《はづくろ》いしていたサギは、後醍醐天皇に所望されて潔く命にしたがった。感じ入った天皇は五位の官位を授け、首に「鷺の王」の札をかけ与えたという。

嫁いで日の浅い女性が実家に帰ってしまうことを**五位鷺の嫁入り**という地方もあるとか。夜陰にまぎれて餌を捕りに出かける習性と、人目をさけて夜間に行動を起こすことをかけたもの。

おそろしき夢よりさめて聞きしかな静かなる夜の五位鷺の声　片山廣子『あけぼの』

池や湖沼、河川、水田などで見られ、成鳥は黒から灰色の羽毛や翼と白い２本の冠羽が特徴。若鳥の体は茶色で白い斑点が多数あり、星ゴイと呼ばれる。

青鷺

あおさぎ

◎蒼鷺《あおさぎ／みとさぎ》

なつがん　青荘

白百合のしろき畑のうへわたる青鷺づれのをかしき夕《ゆうべ》　与謝野晶子『舞姫』

青鷺の立ちてうごかず若葉雨　小川芋銭

アオサギ *gt*

蒼鷺

みとさぎ

槙《まき》のこずゑに、青鷺の
群れて巣をもつ幽《かそ》けさよ。
空のはるかを、日の暈《かさ》の
凝《こご》りかけつつ行き消えぬ。

北原白秋「早春」

白鷺やゴイサギにくらべてシックな色あいの**青鷺**◆は、威風堂々と空を飛ぶ。日本で最も大きいサギ。樹上に集団で巣をつくることで知られる。

異称の**蒼鷺**◆は「みとさぎ」とも読む。「みと」とは水門のこと。昔日、水の出入り口は澄んで、この鳥の羽色のような淡い青色だったのだろう。

夕風や水《みず》青鷺の脛《はぎ》をうつ　与謝蕪村

青鷺の空にけうとしけふの月　支珊

日本最大のサギで河川や水田などで見られる。河川の中洲や湿地沿いの林に集団で繁殖する。これをコロニーと呼ぶ。北海道では主に夏鳥。

雁《がん》

鴈がねの竿に成時猶《なるときなお》さびし　向井去来
雁の棹乱れて湖の雨となる　島田青峰
雁ひとつさをの雫《しずく》となりにけり　井上士朗
雁行のと、のひし天の寒さかな　渡辺水巴
名月をすべりておちぬ天津雁　河東碧梧桐
雁鳴いて大粒な雨落しけり　大須賀乙字
去年今年《こぞことし》大きうなりて帰る雁　夏目漱石
鴈の声朧《おぼろ》〳〵と何百里　各務支考
行雁や湖水の空も朧めく　井上井月
首のべて日を見る雁や蘆の中　原石鼎

◎雁《かり》〔鴈〕　雁《かりがね》〔雁金〕　片糸鳥《かたいとどり》　二季鳥《ふたきどり／にきどり》　くもどり

マガン yn

雁の涙《かりのなみだ》

初鴈《はつかり》や空にしらる、秋の道　溝口素丸

陰暦八月を**雁来月**《かりくづき》◆ともいう。秋分に現れて春分に帰ると考えられていた**雁**《かり》◆が、カリカリと鳴いてやってくる月。**雁渡る**《かりわたる》◆は、**初雁**《はつかり》◆をみとめた感慨。「現世《げんせ》は仮《かり》の世」という仏教思想が浸透していた時代、秋空に響く**雁**《かり》**が音**《ね》◆は、季節の移ろいを哀れに印象づけた。鳴き声が名前になり**雁**《かりがね》◆とも。**雁**《かり》**の羽衣**《はごろも》◆はその羽。鳥そのものもさす。**雁**《かり》**の涙**◆は露のこと。

江戸時代には、**雁**《がん》◆という名も一般的になった。一説に「カリカリ」と鳴くカリガネにかわって、「ガンガン」と聞きとれる**真雁**《まがん》◆や**菱喰**《ひしくい》◆（一名**沼太**《ぬまた》**郎**《ろう》◆）が数を増やしたのではないかとも。**雁声**《がんせい》、**雁語**《がんご》とは、漢語風にいう鳴き声のこと。

ガンの仲間は、日本には冬鳥として９種ほど渡ってくるが、最も数が多いのがマガン。渡来地は宮城県、新潟県、石川県などの湖沼にかぎられる。

雁の目隠し
がんのめかくし

二季鳥の異名どおり、春は**帰る雁《かり》**◆となってまた北へ。**雁の目隠し**は、そのころに降る目を開けて飛べないほどの春の大雪。電話はおろか手紙すらおぼつかない時代、**帰雁《きがん》**◆の姿は遠く離れた友や肉親をなつかしく思い起こさせた。**帰雁友を偲《しの》ぶ**という。

津軽外ヶ浜地方では、ガンは専用の木切れをくわえて渡りの途につき、海上で浮木にして休むと信じられていた。春、旅立ちのあと浜辺に残された木片は、日本で落命したガンたちのもの――そう解釈し、集めて**雁風呂《がんぶろ》**◆をたき、**雁供養《かりくよう》**◆をした。

いづかたを古郷とてか二季鳥年にふたゝび行帰るらん　壬生忠岑『蔵玉和歌集』

マガン gt

雁に長少の列あり
がんにちょうしょうのれつあり

ガンの群れが斜めに連なって飛行する**雁行《がんこう》**◆を文字とみて、**雁《かり》の文字《もじ》**◆、**雁《がん》字《じ》**◆などという。**雁《かり》の棹《さお》〔竿〕**◆から**雁《かり》の琴柱《ことじ》**◆へと、さまざまに隊形をかえる。そのときの並びは歳の順で、けして分《ぶん》をこえないとか。**雁に長少の列あり**の格言は、鳥でさえ知る礼儀を人も見ならい、目上を敬うべしと諭す。

中国の山西省代州にあるという**雁山《がんざん》**は、外敵の侵入に盾となる山上の関。その山があまりに高く、ガンの行く手をはばむというので、山腹に穴を穿《うが》って通路をつくってやったと伝わる。この故事から、**雁門《がんもん》**とも呼ばれる。

ガンの群れには必ず見張り役が一羽いるとされる。**雁《がん》の番《ばん》**という。漢語では**雁奴《がんど》**。

オオハクチョウ *yn*

白鳥《はくちょう》

◎鵠《くぐい／くくい》　大鳥《おおとり》　白鳥《しらとり／しろとり》　白鳳《はくほう》　天鵞《てんが》　鵠《こう／こく》　スワン

鴻漸の翼《こうぜんのつばさ》

白鳥は白き夢みる大虚《おおぞら》の空《くう》やゆめみる　いづれ漠々　齋藤史『風翩翻』

白鳥◆は容《すがた》よき鳥の代表格。古くは鳴き声から**くぐい**、**くくい**などと呼ばれ、**鵠**◆の字が当てられた。『古事記』にある日本武尊《やまとたけるのみこと》伝説（死後白鳥となり**白鳥陵**《しらとりのみささぎ》に葬られた話）は有名だが、日本各地に**白鳥神社**があり、魂を運ぶ霊鳥**しろとり**としてまつられている。

みごとな翼でぐんぐん昇っていく姿は精悍そのもの。その勇姿にたとえた**鴻漸の翼**とは、才能に恵まれてしだいに上昇し、大事業を成し遂げうる器量のこと。この**鴻**もハクチョウ。**白鳥来《きた》る**◆は冬の季語。

鵠ゆるく種蒔く人の頭上飛ぶ　大谷句佛

冬鳥として主にコハクチョウとオオハクチョウが渡来、北海道〜東北、また日本海側に多い。ねぐらは河川や湖沼で、日中は水田などで落穂を拾う。

白鳥の歌《はくちょうのうた》

北欧の伝説に、ハクチョウは死に臨んで最も美しい声で鳴くという話があり、イソップ寓話にもとられている。転じて、詩人や音楽家などが死を前につくった最後の作品を**白鳥の歌**という。シューベルトの遺作十四曲を集めた歌曲集も『白鳥の歌』。

寒さで身を磨《と》ぐハクチョウは、気配ほどの春にせかされて、もう北へと急ぐ。**雪白水《ゆきしろみず》が海に入《い》ると白鳥が去る**は青森のことわざ。**白鳥帰る**◆、**白鳥引く**◆ころ、大気はまだじゅうぶんに冷たい。**海の底の白鳥**は、ありえないことのたとえ。

オオハクチョウ *yn*

鴛鴦

おしどり

◎鴛鴦《おし／えんおう》　匹鳥《おしどり》　鴛鴦鴨《おしかも》

鴛鴦《おしどり》や揃へたやうな二つがひ　森鷗外

こがらしや日に〳〵鴛鴦のうつくしき　井上士朗

静かさやをしの来て居る山の池　正岡子規

鴛鴦をつつみてひかりよごれなし　長谷川素逝

さゞなみの音たつらしも鴛鴦眠る　渡辺水巴

オシドリ *gt*

鴛鴦の契

おしのちぎり

鴛鴦《えんおう》のちぎりや沓《くつ》の右ひだり　大島蓼太

鴛◆は雄、**鴦**◆は雌、二羽そろって**鴛鴦**◆である。**番《つがい》鴛鴦《おし》**◆はいつも一緒。さながら古《いにしえ》の先反りの履き物が一対、すべるように動いているかのようで、**鴛鴦《おし》の沓《くつ》**◆という。

番《つがい》の仲のよさは、**思い羽**[*二〇頁]◆を重ねあって眠るとか、羽の上の霜を払いあうなどといわれてきた。**鴛鴦《おし》の契《ちぎり》**◆は夫婦仲の睦まじいことのたとえになり、**鴛鴦《おし》の衾《ふすま》**◆、**鴛鴦《おし》の褥《しとね》**◆は夫婦の寝床。

冬の季語ながら、春未《ま》だき早春の句にも詠みこまれて、ひんやり新鮮。

春雨にしつぽり鴛鴦の衾かな

春の江に仇波はなし鴛鴦番《つがい》　井上井月

山地の大きな林で繁殖、秋～冬に平地の池などに飛来しドングリなどの木の実を好んで食べる。他のカモ同様、つがいの相手は毎年変わるようだ。

放れ鴛鴦《おし》一すねすねて眠りけり　小林一茶

美しきほど哀れなりはなれ鴛《おし》　村上鬼城

オシドリ♂ yn

鴛鴦涼し《おしすずし》

池水にをしの剣羽《つるぎば》そばだてて妻あらそひの景色はげしき　藤原信実『夫木和歌抄』

これは冬の景。恋に熱きカモ類の常で、妻争いも激しさを極める。その傍らで**離れ鴛鴦《おし》**◆の孤独がおもんぱかられ、**鴛鴦《おし》の独寝《ひとりね》**◆が和歌などによく詠まれた。**鴛鴦《おしどり》の**は「惜し」「憂き」にかかる枕詞。

他方、**夏の鴛鴦《おし》**◆は雄の羽色も雌のように目立たなくなり、**鴛鴦《おし》の巣**◆のまわりで子育ての日々。静かに泳ぐ姿はおだやかで、見るからに平和。**鴛鴦涼し**◆と表現される。

をしの目は妬みをもたず円《つぶら》なり　青木月斗

鴨《かも》

◎鳧《かも》　鴨鳥《かもとり／かもどり》　鳧《ふ》　野鴨《やおう》　野鶩《やぼく》

海暮れて鴨の声ほのかに白し　松尾芭蕉

雪空ゆるがして鴨らが白みゆく海へ　種田山頭火

鴨の青首のやはらかに静かなるよ　河東碧梧桐

沖つ鳥鴨のかしらのま青《さお》くてつらつらかなし泛《う》きにけるかも　北原白秋『海阪』

マガモ *gt*

尾越の鴨《おごしのかも》

尾をこしぬ北斗を跡に鴨の声　三宅嘯山

秋、**鴨**◆が北方からやってくる。**鴨来《きた》る**◆、**鴨渡る**◆景色は冬の兆し。そのとき、山の湖をめざす群れは決まったコースを尾根すれすれに飛ぶ。これを特別に名づけて**尾越の鴨**◆という。

ちなみに、単に「鴨」といえば**真鴨《まがも》**◆のことである。冬季、雄の頭部は鮮やかな**ダックブルー**。いわゆる**鴨《かも》の羽《は》色《いろ》**、**真鴨色**であり、**青羽鳥《あおばどり》**◆、**青頸《あおくび》**◆、**緑頭《あおくび》**◆などの異名をとる。

鴨の共立《ともだ》ち◆は、一羽が飛び立つと他もいっせいに飛び立つ習性のこと。**鴨集まって動《どう》ずれば雷《いかずち》となる**——弱い鳥も、数で動けば力になる。**沖《おき》つ鳥《とり》**は「鴨」などにかかる枕詞。

日本で見られるカモ類は、数種類を除いてそのほとんどが冬鳥として北から渡来する。内陸の淡水に渡ってくる種と、海に渡ってくる種とがある。

かるの子や首さし出して浮藻草
広瀬惟然
かるの子のひとり出て行《ゆく》小浪かな
加藤暁台

マガモ *gt*

水鴨なす《みかもなす》

水に浮かぶカモを**水鴨**という。雌雄仲よく浮かんでいることが多いので、**水鴨なす**は「二人並びい」の枕詞になる。泳ぐ姿は見るからに気楽そうだが、水面下ではたえまなく脚を動かしている。**鴨の水掻き**は人知れず苦労の多いこと。前項のオシドリに対して、体の輪郭からくる印象はなめらかな丸。そこから、蹴鞠《けまり》などに用いる先丸の革靴を**鴨沓**《かもぐつ》と呼ぶ。

カモ類の多くは、春、**引き鴨**◆、**帰る鴨**◆となってまた北をめざす。かたや**軽鴨**◆だけは留鳥として日本に居つづけるため**夏鴨**《なつがも》◆の異名をもつ。母鴨を先頭に**軽鳧**《かる》**の子**◆たちが初めて水辺に現れるシーンは誇らしくもほほえましい。水辺に風走り、**鴨涼し**◆の情景が始まる。

秋沙
あいさ
◎秋沙《あきさ》　秋沙鴨《あいさがも／あきさがも》

カワアイサ *gt*

秋早に渡る《あきさにわたる》

山の際《ま》に渡る秋沙《あきさ》のゆきてゐむその
河の瀬に波立つなゆめ
よみ人知らず『万葉集』

不思議な響きをもつ**秋沙**◆という名は、**秋早に渡る**あるいは**秋頃《あきさ》に渡る**が語源のようだ。可愛らしさが人の目をひき、季節のよき標《しるべ》となったことであろう。万葉時代にはすでにその名で呼ばれていたことがわかる。

むれわたる磯べのあきさ音さむしの
だの入江の霜のあけぼの
鴨長明『夫木和歌抄』

カモの仲間。日本では主に冬鳥として３種類のアイサが見られ、北海道ではカワアイサが繁殖する。どの種も潜水して小魚などを捕らえて食べる。

澄み昇る月の光によこぎれて渡るあきさの音の寒けき

源頼政『源三位頼政集』

するしまを渡るあきさの音なれやさゞめかれても世をすぐすかな

源俊頼『散木奇歌集』

ミコアイサ *gt*

ウミアイサ *gt*

パンダガモ《ぱんだがも》

日本で見られるアイサには、ウミアイサ、カワアイサ、ミコアイサの三種がある。カモの中でも小さく人なつっこい姿形の鳥だけに、さまざまな異名で愛されてきた。**海秋沙**◆は**かもあいさ**、**つるあいさ**、**川秋沙**◆は**どうながあいさ**とも呼ばれる。

最も小さい**巫女《みこ》秋沙**にいたっては、**いたちあいさ**、**きつねあいさ**、**ぼんてんあいさ**、**こあいさ**、**ひめあいさ**、**かこがも**、**うみおし**……。極めつけは冬の雄。俗に**パンダガモ**のニックネームをもらっていて、寒い水辺をわかせている。

冬いまに居つく秋沙《あきさ》鴨か波切の汭渚《うらす》の潟に数寄る見れば

北原白秋『夢殿』

鶴

つる

仲秋や空めぐる鶴かたむかず　渡辺水巴
ほの〳〵と鶴を夢みて明の春　尾崎紅葉
人に死し鶴に生れて冴返る　夏目漱石
鳴きかはすこえ引鶴の行方かな　河東碧梧桐
何処やらに鶴の声聞く霞かな　井上井月
九天の霞をもれてつるの声　幸田露伴

◎鶴《たず》　田鶴《たず》　葦田鶴《あしたず》　千歳鳥《ちとせどり》　仙客《せんかく》　仙禽《せんきん》

マナヅル *yn*

鶴が音《たずがね》

鶴◆はツル科の鳥の総称。詩歌には万葉のころより**たづ**という雅語で詠まれ、**つる**は俗称だったらしい。

鳴き声は**鶴が音**《たずね》、**鶴唳**《かくれい》。家族を確認しながら呼びあうのだが、遠くまで哀調をおびて響きわたる。凡百の発言を一言でまとめて道を示すような、すぐれた（時には威圧的な）提言は、**鶴の一声**。

鳴鶴露《めいかくつゆ》を戒《いまし》むとは、八月に白露が降ると、ツルは天変の兆しを感じとって高く鳴くという故事（声を飲み込んで鳴かなくなるという正反対の警句もある）。**鶴の警《いまし》め**ともいう。さて、昨今の気候変動に、ツルはより鳴いているのか声を抑えているものか。

日本では７種類のツルが見られ、タンチョウ以外はすべて冬鳥。主に中国地方から九州にかけて渡来し、鹿児島県出水市の干拓地が最大の飛来地。

風から
くる鶴《つる》、
流れてくる。

むらさき
露《つゆ》たま、
散《ち》らしてくる。

稲田《いなだ》の
穂花《ほばな》に、
まみれてくる。

たんころ
たにしを
たたきにくる。

与田準一「鶴」

ねぐらに帰るツルの群れ *gt*

夜の鶴

よるのつる

ほかの渡り鳥と同様、**鶴来《きた》る**◆、**鶴の使い**◆にはじまり、春の**引き鶴《づる》**◆、**帰る鶴**◆、**残る鶴**◆まで、ツルは詩歌の世界でゆるがぬ地位を保ってきた。一回の産卵で通常二羽孵《かえ》るひなを夫婦で大切に育てるところから、子思いの鳥という印象が強い。育雛《いくすう》中のツルを**鶴の巣籠もり**◆という。

夜の鶴は「夜鶴子《やかくし》を憶《おも》いて籠中《ろうちゅう》に鳴く」（白居易「五絃弾」）——夜半にツルが鳴くのは子を思ってのこと——から。霜の降りるような寒い夜には子を羽でおおって温《あたた》めるとも信じられ、子を育む親の愛のたとえとされてきた。

鳴《なき》渡る鶴の高さよ霜の月　蓑田卯七

碧天を青女の使ひ鶴渡る　原石鼎

丹頂

たんちょう

◎丹頂鶴《たんちょうづる》　仙客《せんかく》　仙禽《せんきん》

紅藍《くれない》の頂《いただき》たかくさしのべて巖《いわお》の上に
つるさけびをり　橘曙覧《たちばなあけみ》『志濃夫廼舎《しのぶのや》歌集』

うつくしく羽をたたみて呉藍《くれない》の頂《いただ》き
のべつ岩の上の鶴　橘曙覧『橘曙覧拾遺歌』

タンチョウ *gt*

丹頂の鶴《たんちょうのつる》

タンチョウは古来、**しらたづ**、**しろつる**などと呼ばれていた。江戸時代に入って、**丹頂の鶴**◆、**丹頂**◆の名が定着した。丹色《にいろ》（鮮やかな赤）は古《いにしえ》より悪霊を遠ざけるとの信心から、それを頭頂に戴く**瑞鳥**《ずいちょう》として人気を博したのだ。賀春の趣にぴったりで新年の季語とされることもある。

凍鶴《いてづる》◆とは、ひとりタンチョウにかぎる言葉ではないが、白い大地で越冬する種にこそふさわしい。夜は凍結をまぬがれた川に一本脚で立ち、くちばしを羽毛にもぐらせて休む。それが彼らにとっていちばん暖かい眠りの姿。

凍鶴をいとしみ星よ疾《と》く光れ　長谷川零余子

タンチョウ *gt*

湿原の神《サロルン・カムイ》

雌雄が向きあって行う求愛ディスプレイは、カモ類、ツル類などで見られる。タンチョウのそれは、純白の雪原が舞台。深々と頭を垂れてから始まる**鶴の舞い**◆は、どこか神聖で気品にみちている。鳴きあい、跳び上がり、いちずに愛を告げる。

北海道釧路地方には、**鶴の舞い**《サロルン・リムセ》という踊りも伝わる。二羽のタンチョウに扮した女性が、外側の着物の裾を翼がわりにひろげて優美に舞う。

タンチョウはアイヌ語で**サロルン・カムイ**（**湿原の神**）。自然への畏敬をかたときも忘れない人々がつけた名である。

鶴舞ふや日は金色の雲を得て　杉田久女

日本で見られるツルの中では最大で、現在は一年を通して北海道の東部にだけ棲息。ツルの仲間は夫婦仲がよく、一度つがいになると一生涯続く。

水鶏《くいな》

此の宿《やど》は水鶏も知らぬ扉《とぼそ》かな　松尾芭蕉

人の門たゝけば逃るくひなかな　横井也有

鳴わびて戻るも見ゆる水鶏哉《かな》　夏目成美

叩く戸を水鶏と聞きしそれも恋　内藤鳴雪

寐《ね》苦しき門を夜すがら水鶏かな　夏目漱石

来ずなりし水鶏の昔男かな　菅原師竹

一つ家を叩く水鶏の薄暮より　松本たかし

水鶏叩く門は破れて草茂み　水落露石

◎水鶏《すいけい》〔雞〕　秧鶏《おうけい》

リュウキュウヒクイナ *gt*

水鶏たたく《くいなたたく》

水鶏だにたゝけば明くる夏の夜を心短き人や帰りし

よみ人知らず『古今和歌六帖』

クイナ科の鳥は**水鶏**◆という総称で一括りに扱われることが多いが、**水鶏たたく**◆のモチーフで詩歌に詠まれてきたのは、夏鳥としてやってくる**緋《ひ》水鶏《くいな》**◆である。**夏水鶏**、**鉦叩《かねたた》き**などの異名をもつ。夜間、ヒクイナの雄が鳴く声は「門戸をたたく」音に擬せられ、人の訪れを待つ思いなどに重ねられた。**水鶏の鼓《つづみ》**と雅《みやび》な使い方もする。仲間の**姫水鶏《ひめくいな》**◆も夏鳥である。

一方、種としてのクイナは、本州中部以南では冬に現れるので**冬水鶏**とも呼ばれる。

水ぐるま間《ま》どほになりしさと川のふけゆく月に水鶏なくなり

金子薫園『かたわれ月』

クイナの仲間は警戒心が強く、草むらに隠れるようにして棲む。食物を捕るときには姿を現すが、物音がするとすぐに走って隠れてしまう。

鷭

ばん

◎田鶏《でんけい》　梅首鶏《ばいしゅけい》　誰首鶏《ばんしゅけい》（以上、バン）　骨頂《こっちょう》（オオバン）

鷭の笑い《ばんのわらい》

鷭◆と**大鷭**◆を合わせて「鷭」という。江戸のころ、前者のバンを**小鷭**◆と呼び、大と小のグループに区別していたこともあった。オオバンは水かきをもつが、バン（小鷭）のほうはなくても上手に泳ぐ。水鳥たちのすべるような動きではないけれど。特徴のある鳴き声が人の笑い声にも似て、**鷭の笑い**◆といわれる。**鷭の浮巣**◆も詩歌によくとりあげられる。

雨催ひ鷭の翅《つばさ》に猶《なお》暗し　三宅嘯山
渉《かちわた》る鷭の浮びて行きにけり　川端茅舎
鷭啼くや浮草に潮落ちてあり　渡辺水巴
鷭遠く雨中にとぶや菖蒲刈る　青木月斗

オオバン *yn*

バン *yn*

ヤンバルクイナ　山原水鶏 *gt*

沖縄本島北部の「山原《やんばる》の森」にのみ棲息する。地味めの体色にくちばしと脚の朱色が鮮やかにマッチした、いかにも南国風のクイナ。しかし、開発によって森が侵食されたのに加え、ハブ退治のために人為的に放たれたマングースや、野生化したネコ（人間が持ちこんだもの）に襲われて、どんどん数を減らしている。かつては静かで天敵のいなかった島の暮らしに適応して、鳥でありながらほとんど飛ぶことができず、新たな敵から身を護る術を知らないからである。昭和 56 年に新種として確認、天然記念物となるが、今なお絶滅の危機にさらされつづけている。

一年を通して池や湖沼で見られ、嘴から額に続く額板が赤いのがバン、白いのがオオバン。バンのほうが街中の公園の池で見られる率が高い。

千鳥

ちどり

◎鵆《ちどり》　磯鳴鳥《いそなどり》　霜夜鳥《しもよどり》　信鳥　呼潮

ちんちん千鳥の啼《な》く夜《よ》さは、
啼く夜さは、
硝子戸《がらすど》しめてもまだ寒い、
まだ寒い。

ちんちん千鳥の啼く声は、
啼く声は、
燈《あかり》を消してもまだ消えぬ、
まだ消えぬ。

北原白秋「ちんちん千鳥」より

寒詣《かんもうで》翔《かけ》るちん〳〵千鳥かな　尾崎紅葉

ダイゼン *gt*

友呼ぶ千鳥《ともよぶちどり》

チチチともチリチリとも聞こえる**千鳥**◆の鳴き声。それが名前のいわれとも。たくさんで群れていることが多く、**友呼ぶ千鳥**、**友千鳥**◆、**群《むら》千鳥**◆などといわれる。いわゆる**千鳥足**◆で歩む姿も愛らしく、古《いにしえ》より耳目をひきつけてやまない。愛称の多さでも群をぬき、**川千鳥**◆、**浜千鳥**◆、**磯千鳥**◆、**浦千鳥**◆、**夕千鳥**◆、**小夜《さよ》千鳥**◆、**夕波千鳥**◆、**月夜千鳥**◆……名前から場面が浮かぶのも、この鳥ならでは。

また、ひとり離れて鳴くのは**友なし千鳥**。**妻恋う千鳥**、**妻なし千鳥**などの言葉もある。見る側の思いがすりこまれて、チドリはさまざまに表情をかえる。

ふたわれになりてたがひになく千鳥　夏目成美

日本で繁殖する種、春秋の渡りの際に見られる種、日本で越冬する種などさまざま。干潟や水田、河川敷などにいて、大きな目で獲物を探す。

闇を鳴く沖のちどりや飛ぶは星　高井几董

ぬけ星は石ともなるか鳴く千鳥　井上井月

冬の月にちらばつて飛ぶ千鳥かな　村上鬼城

寒月や千鳥ひし〳〵ないて来る　河東碧梧桐

瀬のおとも千鳥の声もやみにいれて
夕月《ゆうづき》早《はよ》う山がくりゆく　九條武子『薫染』

木枯の果から鳴くや島千鳥　石橋思案

一つ一つ岩へこぼれし千鳥かな　原石鼎

千鳥がへしといふ屏風岩冬の海　吉田冬葉

シロチドリ *yn*

月に鳴く千鳥《つきになくちどり》

風雲《かざぐも》の夜《よ》すがら月の千鳥哉《かな》　与謝蕪村

星崎の闇を見よとや啼く千鳥　松尾芭蕉

チドリはどこか幼気《いたいけ》で健気《けなげ》で、何をしても一生懸命に見える。さらに冴えた夜の情景に織りこまれると、月や星や闇と調和し、人の心をしんと澄ませてくれる。これが、**月に鳴く千鳥**の興趣。心の琴線に、これほどさりげなくふれてくる鳥も少ない。

冬の磯氷れる砂をふみゆけば千鳥な
くなり月落つる時　石川啄木

鳧《けり》

水札《けり》鳴《ない》て日影ちろつく流哉《ながれかな》　一泉

水札なくや懸浪《かけなみ》したる岩の上　向井去来

鳧の子を野水にうつす植女《うえめ》哉　加舎白雄

沈む事を知らず鳧の子浮きにけり　青木月斗

から舟に鳧こぞりけり寒の雨　大須賀乙字

木曾ははや朝寒の鳧来そめけり　松本たかし

ケリ *gt*

◎計里《けり》　水札《けり》　＊漢名の鳧《ふ》はカモのこと。

鳧鳧《けりけり》

鳧◆はチドリの一種であるが、あの可愛らしさとはやや遠い。チドリより二回りほど大きな体に妙に長い脚。見ているほうが落ちつかない感じ。外敵が近づくとケリッケリッと激しい金属性の声で鳴き、それが名前になった。

そのケリを、女房言葉では「けりけり」とやさしく呼んだそうな。女房とは宮廷の奥に仕える女性のこと。身の回りのものを何事も上品で優雅に言いなす風から、室町時代に生まれた隠語のようなもの。多摩の方言でも「けりけり」と呼んでいたらしい。

ケリは己が人からどう見えるかなどまったく気にもとめず、ただ**鳧の子**◆を大声で守っている。

東海地方から関西にかけて多く棲み、一年を通して水田や畑などで見られる。繁殖期、外敵には「ケリッ、ケリッ」と飛びながら攻撃してくる。

田鳧《たげり》

タゲリ *gt*

◎田計利《たげり》　田鳥《たどり》　鍋鳧《なべけり》　うみけり　朝鮮けり

かつらしぎ

『万葉集』に登場する**田鳥**に比定されている**田鳧**◆は、後頭部にのびる冠羽がユニーク。**かつらしぎ**と呼ぶ土地があるのも、鬘《かつら》は髪飾りや髷《まげ》の意だからか。シギとは別種だが、似たような場所にいる似たような鳥として記憶されたのだろう。

ちなみに「鳧」は本来ならカモを表す字。日本ではケリと読ませ、「鳧をつける」の当て字にまでされる。

鳴き声はミューミューと猫に似て、**ねこどり**とも。ふわりと飛び立ち、ふわふわと舞うごとく飛ぶ。

たとりたつ音ばかりして山里はしめりぞ渡るをの、しの原

覚性法親王《かくしょうほっしんのう》『出観集』

冬鳥として全国の水田や畑に数十羽から時には数百という大群で渡来する。脚を小刻みに震わし、食物を追い出して捕らえる様はとてもユニーク。

鴫《しぎ》

鴫たちてさびしきものを鴫居《お》らば　宝井其角
余の鳥が啼《な》てもさびし鴫の暮　大島完来
夕あさり鴫の目はやく驚鈍し　加藤暁台
鴫立ちて道のべ草に風の吹く　村上鬼城
人に驚いて鴫立つて人は驚きぬ　河東碧梧桐
鴫飛んで路《みち》夕陽の村に入る　寺田寅彦

◎鷸《しぎ》　羽掻鳥《はねかきどり》　鷸《いつ》　水札子

タシギ *yn*

戻り鴫《もどりしぎ》

鴫◆はシギ類の総称。五十余種が渡りの途中に日本を通過するが、一般にシギといえば**田鴫《たしぎ》**◆をさし、**大地鴫《おおじしぎ》**◆と**玉鴫《たましぎ》**◆以外は秋の鳥とされる。

オオジシギはいちばん大型で、雄は尾羽の音を轟《とどろ》かせ、鳴きながら急降下をくり返す。**雷鴫《かみなりしぎ》**◆の異名をとるほど。タマシギのほうは一妻多夫。それゆえ繁殖期の羽色は雌がまさり、鳴くのも雌。営巣、抱卵、子育ての一切を雄が受け持ち、雌は新しい恋に出る。

また、**磯鴫**◆には**かわちどり**、**ぴいぴいしぎ**などの別名がある。江戸時代までシギ（趾《あしゆび》が四本）とチドリ（同三本）はとかく混同されがちであったことによる。

春、北に帰るシギを**戻り鴫**◆、**帰り鴫**◆、**春の鴫**◆などという。

日本で見られるシギのほとんどは、北の繁殖地と南の越冬地を往き来する春と秋の渡りの際に、干潟や内陸の湿地で見られる。

鴫の看経

しぎのかんきん／しぎのかんぎん

心なき身にもあはれは知られけりしぎたつ沢の秋の夕ぐれ
西行『新古今和歌集』

鳴き声のもの寂しさから、秋のわびしさをいやでももつのらせる鳥として長く詩歌に詠まれてきた。

後の月鴫たつあとの水の中　与謝蕪村

立ち姿にもまた風情がある。田の中などにじっと身じろぎもせずたたずむ様は、まるで経を読んでいるかのようだとして**鴫の看経**◆という。

何おもふ田水の月に鴫ひとり　溝口素丸

セイタカシギ *yn*

鴫の羽掻き

しぎのはがき／しぎのはねがき

暁のしぎのはねがきも、はがき君がこぬ夜は我ぞかずかく
よみ人知らず『古今和歌集』

鴫の羽掻き◆、**百《もも》羽《は》掻《が》き**◆は、シギが羽虫を取るため、くちばしで羽をせわしなくしごくこと。それは数の多いことのたとえとなり、暗に恋人を待ちながら幾度も寝返りを打つといった居たたまれなさに重ねられるようになった。**数掻く**◆も同じ。

一方、シギは翼が細長く飛ぶ力が強い。飛び立つときの羽遣いを**鴫の上《のぼ》り羽《ば》**といい、勢いのさかんなことを表す。また、餌を漁っていたシギがくちばしを蚌貝《からすがい》にはさまれ、双方にっちもさっちもいかなくなる故事は**鷸蚌《いっぽう／いつぼう》の争い**。現実にも起こることらしい。その結末は「漁夫の利」となる。

カモメ類の群れ *gt*

鷗《かもめ》

◎鷗《かまめ》　海鷗《うみかもめ》　海猫《うみねこ》　猫鳥《ねこどり》　かごめ　ごめ　鷗《おう》　海鷗　江鷗

わたしはカモメ

一種名としてのカモメもいるが、**鷗**はアジサシ*七七頁を除いたカモメ科の鳥の総称である。俳句では無季。ただし冬鳥として海辺に渡来するので、とくに**冬鷗**◆、**冬の鷗**◆を冬の季語としている（ウミネコは含まれない）。

繁殖地のロシアやウクライナでは親しい鳥で、ボストーク6号に乗りこんだ旧ソ連の宇宙飛行士ワレンチナ・テレシコワのコールサインは**チャイカ**。「ヤー《わたしは》・チャイカ《カモメ》」と呼びかけながら地球を四十八周した。これはロシアの作家チェーホフの戯曲『かもめ』に出てくる台詞で、上演されたモスクワ芸術座のエンブレムもカモメ。ロシアを代表する作曲家チャイコフスキーの姓も、「チャイカ」に由来するという。

冬海の朝焼に飛ぶかもめ哉《かな》　村上鬼城

日に駕《の》つて海立つ春の鷗かな　幸田露伴

鷗愛《は》し海の碧さに身を細り　篠原鳳作

魚陣うつる初凪ぎの空の鷗かな　大須賀乙字

日本全国でウミネコが、東北の一部と北海道でオオセグロカモメが繁殖。その他の種類のカモメは、冬鳥としてシベリアなど北の国から渡来する。

海猫

うみねこ

海猫の巣立つ怒濤の日なりけり

水原秋櫻子

◎猫鳥《ねこどり》　海猫《ねこ》　ごめ　かごめ

ウミネコ *gt*

海猫渡る

うみねこわたる／ごめわたる

海猫◆は、英名を**Japanese gull**というほど日本じゅうに広く繁殖していて、カモメ類の俗称にもなる。

ほかの渡り鳥のように長距離ではなく、越冬地と繁殖地である近海の島などの間を移動する程度だが、四季折々の姿を見せる。

海猫渡る◆は春の風物。ミャーオ、ミャーオと猫のような声が聞かれはじめる。イワシの群れには目ざとく、たちまち集まってくるので、下北半島の漁師たちは**鰯《いわし》が来るとごめが来る**などという。さながら自然界の魚群探知機である。やがて**海猫《ごめ》孵《かえ》る**◆ののち**海猫《ごめ》の雛《ひな》**◆が見られ、秋は**海猫《うみねこ／ごめ》帰る**◆季節《とき》。**残る海猫《ごめ》**◆もいるが、急にあたりが静かになる。空も冷えはじめる。

百合鷗《ゆりかもめ》

◎都鳥《みやこどり》　江鷗

都鳥《みやこどり》

頭上過ぐ嘴脚《はしあし》紅き都鳥　松本たかし

みやこ鳥嘴の先から初かすみ　岡野知十

『万葉集』にも『伊勢物語』にも載る有名な**都鳥**◆。それが何の鳥であったか近世以降長きにわたり議論されてきたようだが、後者（隅田川が舞台）の地文には「白き鳥の、はしとあしと赤き、鴫《しぎ》の大きさなる」とあることから、こちらはユリカモメと推測され、その雅語として定着している。

百合鷗◆という名は、おもに海で生活する**海鷗**と区別して、川に棲むものを呼んだらしい。

名にしおはばいざ言問はむみやこどり
わが思ふ人はありやなしやと
在原業平『伊勢物語』

ユリカモメ *gt*

ミヤコドリ　都鳥 *gt*

現在の鳥類リストでは、こちらが本当のミヤコドリ（ミヤコドリ科）。**上千鳥**（うえちどり／うわちどり）、**姥千鳥**（うばちどり）という名でも呼ばれる。春と秋の渡りのときに、日本を通過する旅鳥で、ごく少数が渡来するにすぎない。冬鳥として春までとどまるものもいる。くちばしと脚は赤いものの、『伊勢物語』に登場する都鳥は白い鳥と記述されているので、ユリカモメ説が有力である。

日本には冬鳥として港や河川、湖沼などに渡来し、最も目にするカモメ類。雑食性。春の渡りを迎えるころ、白い頭が徐々に黒くなっていく。

鯵刺《あじさし》

あぢさしの瀬風にたゆるしろさかな

金尾梅の門

◎鮎鷹《あゆたか／あいたか》　鮎刺《あゆさし》　がんどうしぎ

コアジサシ gt

がんどうしぎ

カモメの近縁の**鯵刺**◆は、小型でいくぶんほっそりした印象。春と秋の渡りのシーズンに群れなして日本の空を通過する旅鳥。最も小さい**小鯵刺《こあじさし》**◆は、夏鳥として飛来して日本で繁殖する。

ホバリング（停空飛翔）で空中にとどまり、急降下して細く先の尖ったくちばしで魚をねらう。シャープな翼はそのためのもの。技のみごとさからついた別名が、**がんどうしぎ**すなわち「強盗鴫」。海辺で見かける魚捕りに長《た》けた鳥という発想からか。

夏鳥として本州以南の砂浜や埋立地、川の中洲などに渡来する。地上に小石を集めて巣をつくり繁殖するが、砂浜などの減少で数が激減している。

海雀《うみすずめ》

◎海千鳥《うみちどり》

海雀、海雀、
銀の点点、海雀、
波ゆりくればゆりあげて、
波ひきゆけばかげ失《う》する、
海雀、海雀、
銀の点点、海雀。

北原白秋「海雀」

ウミスズメ *Takuya Kanouchi*

白髪の老人《はくはつのろうじん》

かうかうと西吹きあげて海雀あなた
ふと空《そら》に澄みゐて飛ばず

斎藤茂吉『あらたま』

ずんぐりむっくりした小型の海鳥、**海雀**◆は潜り上手。海上に点在してすごすが、ひとたび魚群が現れると海面に群集し、漁師にとっては出漁のよい目安となる。陸に上がると直立することもあって、小型のペンギンを思わせる。生態的にも通じるところがあり、ペンギン類とウミスズメ類は、南と北の半球をそれぞれ分けあっているかのよう。後頭部の白い模様を白髪とみて、英名は **ancient auk**。**白髪の老人**とは、さても見立てのシブイこと。

海雀高波さむくかいくゞり　伊東月草

主に冬鳥として渡来、北日本では一部繁殖している。海上で見ることが多いが、天候が悪く波が高いときには湾内や港などに逃げこんでくる。

善知鳥《うとう》

ますらをのえむひな鳥をうらぶれて
なみだをあかくおとすよな鳥

在原業平『秘蔵集』

◎烏頭《うとう》　善知鳥《うとうどり／ぜんちちょう》　安方《やすかた》　善名鳥《よなとり》　鼻鳥《はなとり》

ウトウ *yn*

ウトウ *gt*

善知鳥安方《うとうやすかた》

陸奥《みちのく》の、外の浜なる呼子鳥《よぶこどり》、鳴くなる声は、うとうやすかた。

謡曲「善知鳥」より

津軽外ヶ浜にいた鳥は、母鳥が「うとう」と呼ぶと、子は穴の中から「やすかた」と答える習性があった。そこで猟師は、空で血の涙を流す母鳥をよそに、その声色をまねて子をつかまえ生業とした。しかし、己《おの》が手段の卑劣さに気づき、責め苦の淵に落ちていく——伝説に取材した能「善知鳥」に登場する鳥が**善知鳥安方**。ウミスズメ科のウトウがその鳥であったかどうか定かではないが、**善知鳥**◆の名は残り、今も人の心に警鐘を鳴らす。

人間の賢《さか》しさを知恵と誇るか、罪と戒めるか。長く、人の道は後者とされてきた。

ウミスズメ科の１種。北日本の島で繁殖し、とくに北海道の天売島は有名で、夕方、数十万というウトウが海から島へ戻ってくる様子は壮観。

第3章

小鳥さざめく

深山で庭先で——人に幸せをもたらす小禽のくに

ヤツガシラ yn

時鳥《ほととぎす》

時つ鳥《ときつとり》

春の鶯*一二四頁、夏の時鳥、秋の雁*五二頁——日本のあらゆる場面に季節を告げてきた鳥たち。なかでもホトトギスは、

春は花夏ほととぎす秋は月冬雪さえてすずしかりけり　道元禅師

と詠われたように、はるか古《いにしえ》より、詩歌の夏をいろどる**時つ鳥**、**時の鳥**であった。

異名の多さでも群をぬく。**卯月鳥**の名は陰暦四月に山から降りてくるためであり、**あやめ鳥**、**橘鳥**などと時節の花を冠して風雅に呼ばれた。

◎杜鵑《ほととぎす／とけん》　杜宇《ほととぎす／とう》　子規《ほととぎす／しき》　不如帰《ほととぎす／ふじょき》　郭公《ほととぎす》　霍公鳥《ほととぎす》
時の鳥　時つ鳥　卯月鳥《うづきどり》　あやめ鳥《どり》　橘鳥《たちばなどり》　三月過鳥《みつきすごどり》　勧農鳥《かんのうちょう》　早苗鳥《さなえどり》　田歌鳥《たうたどり》　田長《たおさ》
田長鳥《たおさどり》　しでの田長《たおさ》　冥途《めいど》の鳥《とり》　無常鳥《むじょうどり》　魂迎《たまむか》え鳥《どり》　夜《よ》ただ鳥《どり》　古恋《いにしえこ》うる鳥　恋《こい》し鳥《どり》　妹背鳥《いもせどり》
百声鳥《ももごえどり》　常言葉鳥《つねことばどり》　かけたかの鳥　涙鳥《なみだどり》　沓手鳥《くってどり》　童子鳥《うないこどり》　鏡暮鳥《かがみくれどり》　黄昏鳥《たそがれどり》　夕影鳥《ゆうかげどり》　賤鳥《しずどり》
網鳥《あみどり》　蜀魂《しょっこん》　蜀魄《しょくはく》　蜀鳥《しょくちょう》　帝魂《ていこん》　ほか多数

いにしへに恋ふらむ鳥はほととぎす
けだしや鳴きし吾が思《も》へるごと
額田王『万葉集』

郭公《ほととぎす》我とはなしに卯の花のうき世の
中に鳴きわたるらん
凡河内躬恒『古今和歌集』

待ち〳〵て夢かうつゝか時鳥たゞ一
こゑの曙のそら
式子内親王『式子内親王集』

やみなれどゆくへさだかに時鳥とほ
ざかりゆくこゑの一すぢ
大隈言道『草径集』

夏鳥として５月下旬ごろに渡来するカッコウの仲間。主にウグイスに托卵し、平地から亜高山帯までの山地で見られる。夜も飛びながらよく鳴く。

郭公《ほととぎす》一声夏をさだめけり　大島蓼太

谺《こだま》して山ほととぎすほしいまゝ　杉田久女

ホトトギス *yn*

一声の山鳥《いっせいのさんちょう》

ホトトギスの鳴き声を**ひそみ音**、**忍《しの》び音《ね》**といい、なかなか聞くことができないものの代表であった。夜中に鋭く鳴いて一瞬のうちに飛び去ることも多く、**裂帛《れっぱく》**（帛《きぬ》を裂くような声）と形容される。**一声の山鳥**は暁の空を鳴き去る**山時鳥《やまほととぎす》**◆。『和漢朗詠集』にある「一声の山鳥は曙雲《しょうん》の外《ほか》　万点《ばんてん》の水螢《すいけい》は秋の草の中《うち》」（許渾）の情景から。

さてさてその声が聞けたら、いよいよ田植えの神事である。まさに**田長**◆として迎えられ、**勧農鳥**◆よ、**早苗鳥**◆よ、**田歌鳥**◆よと大切にされた。**しで**〔**士出**／**四出**／**死出**〕**の田長**◆などの異名は、異様とも聞きとれる声の調子に、冥界との間を往き来する鳥という想像が働いたもの。**冥途の鳥**◆とまでいわれる。

◆新年　◆春　◆夏　◆秋　◆冬

名告る時鳥《なのるほととぎす》

郭公《ほととぎす》富士とつくばの天秤《てんびん》に両国ばしをかけたかとなく

浜辺黒人『徳和歌後万載集』

ホトトギスの鳴き声は、さまざまに聞きなしされる。**テッペンカケタカ**は有名。ほかにも**特許許可局**、**ホトケコセ・タスケタマエ**などいろいろ。

同時に、**名告る時鳥**◆として畏怖されもした。往時、求婚や闘いの場で、人々は何かといえば声を張りあげて名を告げた。それは相手の魂を誘い出すための行為で、ホトトギスも同じと考えられた。夜間の声には、寝ている間に呼ばれて魂が遊離しないよう、きりりと身を引き締めて警戒したらしい。

名のれ〳〵《なのれ》雨しのはらのほとゝぎす

与謝蕪村

ホトトギス *yn*

鳴いて血を吐く時鳥《ないてちをはくほととぎす》

同じホトトギスの声を中国では**帰《クイ》去《チュ》、帰去《クイチュ》、不如帰去《プルクイチュ》**（帰ろう、帰ろう、帰ったほうがいいよ）と聞く。**不如帰**◆の来由である。**子規**◆や**杜鵑**◆なども聞きなしから生まれた異名という。

また、蜀の望帝杜宇の話も広く知られる。身から出た錆で帝位を逐われ、まさにほろびんとしたとき、ホトトギスが一声鳴く。さらには帝もこの鳥になり、「不如帰」と血を吐くほど鳴いた。**杜宇**◆の名や、**鳴いて血を吐く時鳥**もこの故事から。

どこからともなく不意に現れて、鳴きながら中空を横切って飛ぶホトトギス。激しいほどの印象と口の中が朱《あか》いことから、悲劇的な伝説をいくつも生んだ。

血を染めて誓紙かく夜や時鳥

岡本綺堂

子規《ほととぎす》々々《ほととぎす》とて寝入《いり》けり　岸本調和
寝させぬは御身《おんみ》いかなる杜宇《ほととぎす》　田代松意
幾人の耳に初音そ杜宇　井上井月
まち兼て聞はづしたりほとゝぎす　井上井月
郭公《ほととぎす》なくや雲雀《ひばり》と十文字　向井去来
郭公鳴《ほととぎすなく》や湖水のさゝにごり　内藤丈草
子規《ほととぎす》なくや夜明の海がなる　加舎白雄
星飛んで時鳥鳴き過ぐる空　河東碧梧桐
するどけど沢なる声やほとゝぎす　島村元
ほとゝぎす鳴や山田の日和虹　捨石

子で子にならぬ杜鵑《こでこにならぬほととぎす》

名残りの夏の薄衣、鶯の巣に育てられ、子で子にならぬ時鳥、われも二八の年月を、養ひ親に育てられ、子で子にならず振り捨てゝ、死にゝ行く身は人ならぬ、死出の田長《たおさ》か時鳥、卯月五日の宵庚申。

近松門左衛門『心中宵庚申』

ホトトギスは、ウグイスやミソサザイなどの巣に托卵*二〇頁する。そのひなは巣内の卵をことごとく排除してたくましく育つが、養い親とは似ても似つかず、これが**子で子にならぬ杜鵑**の関係。**野守《のもり》の時鳥**は、「できないこと」のしゃれた言い回し。桜の季節にホトトギスの羽を所望された農夫が、夏にさえ稀な鳥が春に手に入るわけがないと断った話から。さらに軽妙にみがかれて、**ならずの森の時鳥**とも。

鶯の古巣よりたつほととぎす藍よりもこきこゑのいろかな
西行『山家集』

ホトトギス *yn*

郭公《かっこう》

◎閑古鳥《かんこどり》〔閑子鳥／諫鼓鳥〕　郭公鳥《かっこどり》〔鶡鼓鳥〕　呼《よぶ》〔喚〕子鳥《こどり》　合法鳥《がっぽうどり》　布穀《ふこく》　鳲鳩《しきゅう》　豆蒔鳥《まめまきどり》　豆植鳥《まめうえどり》

閑古鳥が鳴く《かんこどりがなく》

憂き我《われ》をさびしがらせよ閑古鳥　松尾芭蕉

諫鼓鳥《かんこどり》われもさびしい歟飛《かとん》で行《ゆく》　中川乙由

郭公◆の名は、カッコーという鳴き声。森の奥に吸いこまれていくような寂しさがある。「諫鼓鳥の、おのれ啼きて、人をさびしがらせむとす」（各務支考）という解釈にうなずく。**閑古鳥**◆**が鳴く**〔**歌う・住む**〕とは、客が入らなくて寂《さび》れた店や貧しい生活のこと。

谷に山に幽遠なBGMを流すばかりで、この鳥も巣をつくらない。ホオジロ、モズ、オオヨシキリ、オナガなどの巣に托卵*二〇頁し、一夏を侘びに生きる。

山黙し水さ、やきて閑古鳥　幸田露伴

夏鳥として5月中旬ごろ渡来し、電線や梢などにとまって体を左右に振りながら鳴く。托卵先が多種にわたるため、さまざまな環境で見られる。

いま、夢に閑古鳥を聞けり。
閑古鳥を忘れざりしが
かなしくあるかな。

石川啄木『悲しき玩具』

カッコウ yn

我に来てとまりさう也かんこ鳥　大島蓼太

二羽鳴《ない》てけしきそこねぬ閑古鳥　鈴木道彦

あるけばかつこういそげばかつこう　種田山頭火

雨の中を飛んで谷越す閑古鳥　村上鬼城

閑古鳥照り降りなしに鳴音かな　大須賀乙字

郭公や何処までゆかば人に逢はむ　臼田亜浪

豆蒔郭公《まめまきかっこう》

麦秋も夕ぐれ淋しかんこ鳥　友自

農耕民族であったわれわれの祖先にとって最も重大なのは、その年々で変化する気候をよみ、農耕の開始時を知ること。草木の開花とともに、渡り鳥の渡来が大きな手がかりとされた。

東北地方を中心に近畿地方にかけて、カッコウは**豆蒔郭公**、**豆蒔鳥**、**豆植鳥**などと呼ばれ、その声が聞かれると人々は仕事にかかった。**がっこうの来たさ豆を蒔け**（岩手）、**かんこの口さ豆を蒔け**（広く東北地方）というふうに。

ほかに**とっと***八九頁**に籾《もみ》蒔きかっこに粟蒔きほととぎすに田を植えよ**（秋田）などの組み合わせもあり、土地によってはカッコウを**粟蒔鳥**と呼ぶところも。

閑古鳥かをり〳〵鳴いて行々子　河東碧梧桐

十一《じゅういち》

啼くこゑはみじかけれどもひとむきに迫るがごとし十一《じゅういち》鳥のこゑ
さ夜《よ》ふけて慈悲心鳥のこゑ聞けば光にむかふこゑならなくに

斎藤茂吉『ともしび』

慈悲心鳥おのが木魂に隠れけり

前田普羅

◎慈悲心《じひしん》　慈悲心鳥《じひしんちょう》　実心《じっしん》　実心鳥《じっしんちょう》

ジュウイチ *yn*

慈悲心鳥《じひしんちょう》

深谷を鳴きめぐり飛ぶ十一の声はさやけし日暮《ひぐれ》になりて　半田良平

十一◆という名はジュイチーと聞こえる鳴き声を写したもの。それが聞く側の心のもちようによってはジヒシーンとも聞けるとあって、**慈悲心**◆あるいは**慈悲心鳥**◆という世にありがたい別名ももらっている。

しかし、そのわりには自ら巣を結ぶ労を惜しみ、コルリやオオルリ、コマドリ、ルリビタキなど美形の鳥に子育てを托してしまう。じつに面食いの鳥である。いや、だからこそ、慈悲を乞うているとみるべきかもしれない。

夏鳥として5月初旬ごろ、山地に渡来するカッコウの仲間。葉の込みあっているところにとまっているため、カッコウ類では最も姿を見つけにくい。

筒鳥《つつどり》

これもまたさすがにものぞ哀れなる
かた山影のつゝ鳥のこゑ
寂蓮『夫木和歌抄』

をちこちに啼き移りゆく筒鳥のさび
しき声は谷にまよへり
若山牧水『くろ土』

山うらの一つところより聞えくる筒
鳥のこゑは呼ばふに似たり
島木赤彦『太虚集』

都々鳥や木曾のうら山木岨《きそ》に似て
加舎白雄

筒鳥の啼いて谷霧開きけり
吉田冬葉

ツツドリ *gt*

◎都々鳥《つつどり》　ぽんぽん鳥《どり》　種蒔鳥《たねまきどり》　ふふ鳥《どり》　ほほ鳥《どり》　布穀《ふこく》　とっと　とど　とんとん鳥《どり》　おっとん鳥《どり》

鯛鯛鳥《たいたいどり》

郭公《かっこう》の項で登場した**とっと**は**筒鳥**◆。ともに竹筒の口を平手で打つような鳴き声からついた名。ポポッポポッとも聞こえ、**ぽんぽん鳥**、**ふふ鳥**、**ほほ鳥**などとも。センダイムシクイ、メボソムシクイ、ヤブサメなどに托卵[＊三〇頁]する。

とかくイネ科植物の植え時はカッコウ科の鳥で占うことが多く、八七頁のことわざも**とっとが来たさ粟を蒔け**（岩手）や、**とっとの口さ種を蒔け**（広く東北地方）と対でいわれたもの。前者はアワ、後者は籾《もみ》だが、**稗蒔《ひえまき》とど**（青森）という例もある。

福岡の方言では**鯛鯛鳥**という。ツツドリが鳴きだすころ、周防灘ではタイが獲れはじめる。同地では、**麻蒔鳥**（筑前雷山地方）という名もある由。

夏鳥として4月下旬ごろに渡来。本州では主にセンダイムシクイに托卵。北海道のものはウグイスに托卵し、卵の色も本州のものとは異なる。

梟《ふくろう》

◎梟《ふくろ／さけ》　母食鳥《ははくいどり》　不孝鳥《ふこうどり》　猫鳥《ねこどり》　五郎助《ごろすけ》　鴞《きょう》　鴟梟《しきょう》

梟松桂《ふくろうしょうけい》

ふくろうはふくろうでわたしはわたしでねむれない　種田山頭火

梟◆はフクロウ科の鳥の総称。鳴き声は一様にもの寂しく、人里離れた夜のシーンによくなじむ。漢詩などでは松にフクロウをそえて、**梟松桂**の情景を表現する。**梟鳴く**◆が冬の季語とされるのもその雰囲気から。

夜行性の猛禽で、闇中、音もたてずにノネズミなどを捕まえる。羽の構造に消音効果があるためらしい。それを不気味として、中国では親を食らう不吉な鳥とされた。**不孝鳥**、**母食鳥**◆の別名はその伝説から。

梟淋し人の如くに瞑《つぶ》る時　原石鼎

エゾフクロウ *gt*

梟の宵だくみ《ふくろうのよいだくみ》

昼を梟はねむたかろ
月青ざめたそらをみれば
水かげらふの物思ひ
さればこそ、わがのぞみよ　山村暮鳥「雪其他」より

夜の敏捷さに反して、うとうと微睡《まどろ》む昼間のフクロウはどこかユーモラス。羽毛でまるく縁取られた顔（顔《がん》盤《ばん》）の真ん中で、つぶらな瞳がうつろに……。そこから連想したのが**梟の宵だくみ**。前夜、夜更かしの末、みごとな計画をたてておきながら、いざ当日になると眠くて何もできないこと。

梟の宵のたくみや今朝の雪　中川乙由

梟の声にみだれし螢かな　泉鏡花

日本で確認されるフクロウ科は11種（留鳥7種、夏鳥2種、冬鳥2種）。主に夜行性でネズミや昆虫などを丸呑みし、未消化分はペリットとして吐き出す。

梟はいまか眼玉《めだま》を開くらむごろすけ
ほうほうごろすけほうほう
北原白秋『桐の花』
おきなさび飛ばず鳴かざるをちかた
の森のふくろふ笑ふらんかも
柳田國男『遠野物語』

シマフクロウ *gt*

知恵の鳥《ちえのとり》

落ちついた古老のような風貌も、フクロウの特徴。首を傾《かし》げたり、ぐるっと回したりする様は、思案をめぐらす人のよう。そこから、**知恵の鳥**とする文化も世界各地に。ギリシア神話では、知識、学問、芸術などの女神アテナ（ローマ神話ではミネルバ）の従者として、その肩にとまる。

アイヌ文化でコタンコル・カムイ《村の守護神》と崇められているのは、**島梟**《しまふくろう》◆。**カムイ・チカプ**すなわち**神の鳥**とも。耳のように見える耳羽〔羽角《うかく》〕をもち、羽音をさせて勇壮に飛ぶ。黄色い目に宿る光は、善と悪とを見抜くかと思われるほど鋭い。まるで、悠久の時をも見通してしまうほどに。

縞梟《コタンクルカムイ》は大き眼を向けて和人《シャモ》のわれらを見透すとせり
齋藤史『秋天瑠璃』

木菟

みみずく

み、づくの独笑《ひとり》ひや秋の昏《くれ》　宝井其角

木菟の目た、きしげき落葉哉《かな》　中川乙由

木菟が杭にちよんぼり夜寒《よさむ》哉　小林一茶

木菟のほうと追はれて逃げにけり　村上鬼城

木菟けろりと鳥居にとまる野分かな　大須賀乙字

耳たてし耳木菟顔のうすきかな　原石鼎

◎木菟《ずく／つく》　木菟鳥《つくとり》　鴟鵂《しきゅう》　角鴟《かくし》

トラフズク *yn*

耳鳥

みみつく

フクロウのうち耳羽〔羽角〕の発達しているものを、**木菟**◆と呼びならわしてきた。「耳付〔突〕く」が転じたもので、**耳鳥**、**木菟《ずく》**◆ともいう。このうち**大木葉木菟《おおこのはずく》**◆、**小木菟《こみみずく》**◆、**虎斑木菟《とらふずく》**◆、**鷲木菟《わしみみずく》**◆を**冬木菟《ふゆみみずく》**と呼ぶこともある。日本では**二声鳥《ふたこえどり》**の異名のある**青《あお》〔緑〕葉《ば》木菟《ずく》**◆、**木葉木菟《このはずく》**◆なども見られるが、こちらは夏の鳥。

しかし、アオバズクには耳羽がなく、シマフクロウ*九一頁はひときわ立派な耳羽をもっていて、定義と命名はかなりあいまい。

ちなみに、フクロウ類の本当の耳は顔を縁取る羽毛の下に左右非対称についている。音の達する時間差から距離と方向を正確につかみ、夜間でも難なく餌をしとめることができる。

頭の上に耳のように見える羽（羽角）をもっているフクロウをミミズクと呼んでいるが、羽角をもたないものもいて、両者の違いはあいまい。

仏法僧鳥《ぶっぽうそう》啼く時おそし谷川の音の響
かふ山の夜空に

島木赤彦『柿蔭集』

閑林《かんりん》に独座《どくざ》す草堂《そうどう》の暁《あかつき》
三宝《さんぽう》の声、一鳥《いっちょう》に聞く
一鳥《いっちょう》声有り人心《ひとこころ》有り
声心雲水倶《せいしんうんすいとも》に了了《りょうりょう》

空海「後夜に仏法僧鳥を聞く」

閑林の草堂に独り座り暁を迎える
三宝の声を一鳥に聞く
鳥の声とわが心が響き
声と心、雲と水が暁に融《と》ける

阿部龍樹訳

コノハズク *Masuo Watarai*

三宝鳥

みつのたからのとり／さんぽうどり／さんぼうちょう／さんぽうちょう

とりの音《ね》も三《みつ》の御《み》のりをきかすなり
み山の庵の明方のゆめ

藤原家隆『夫木和歌抄』

ブッ・ポウ・ソウ（仏・法・僧）と美しい声であらたかに鳴く鳥がいることは古くから知られていた。唱える言葉は「三《みつ》の御法《みのり》」とも「三宝《みつのたから》」ともいわれてありがたがられてきた。鳥の名は**三宝鳥**あるいは**仏法僧《ぶっぽうそう》**。しかし、誰も見た者はおらず、**百谷《ひゃくたに》無いと仏法僧は棲まぬ**とまで神秘化された。つまり、谷と山がいくつも重なった深山でなければ聞けないと。

その声の持ち主がコノハズクとわかったのは、ほんの七十年ほど前のある出来事から*九五頁。以来、コノハズクは**声の仏法僧**と呼ばれるようになった。

高野山に後夜《ごや》の月てる御《ご》廟《びょう》奥《おく》三宝鳥《さんぽうどり》
のこゑ待つわれは

中村憲吉『軽雷集以後』

夜鷹
よたか

◎怪鴟《よたか》　蚊吸《かすい》　蚊吸鳥《かすいどり》　蚊食《かくい》　蚊食鳥《かくいどり》
吐蚊鳥《とぶんちょう》　蚊母鳥《ぶんぼちょう／ぶんもちょう》　なますきざみ

夜鷹啼き梅雨雲月を仄《ほの》かにす

山谷春潮

ヨタカ *yn*

夜鷹の宵だくみ
よたかのよいだくみ

葭切の寝たる葭より夜鷹翔つ

松本たかし

昼間、樹の太い枝に沿って伏せたままじっと動かない鳥は**夜鷹**◆。動に転じるのは夕方から。大きな口を開けて蚊などを捕食するので**蚊吸鳥**◆とも呼ばれる。昔から怪鳥とされ、**地獄鳥**《じごくどり》の名もある。

このヨタカ、いつも夜間に虫しか食べられないことを不満に思い、今度は昼に飛び歩いてツルやガンなどの大物を食べてやろうと決心した。しかし、そのためにも空腹をいやさねばと、夜もすがら小物の虫を吸い回っているうちに疲れ、朝にはまたぐっすり……。分不相応な夢を見るが、実現できずに一生を終わること。九〇頁のフクロウのことわざと似るが、さらに身につまされる。**夜鷹の宵だくみ**〔**食**《じき》**だくみ**〕。

夏鳥として山地に渡来。夜行性で飛びながら蛾などを捕食する。夜明け前に「キョキョキョキョ…」とよく鳴くため、きゅうりきざみの異名も。

仏法僧

ぶっぽうそう

仏法僧翼の紋の翔けて見ゆ　　水原秋櫻子

ブッポウソウ gt

◎念仏鳥《ねんぶつどり／ねんぶつちょう》　山烏《やまがらす／さんう》　青燕《せいえん》
三宝鳥《みつのたからのとり／さんぼうどり／さんぼうちょう／さんぼうちょう》

姿の仏法僧

すがたのぶっぽうそう

杉くらし仏法僧を目のあたり　　杉田久女

ブッポウソウ科の**仏法僧**◆は、青緑色のきれいな羽をもつ鳥。これこそ「三の御法」*九三頁を鳴く奇跡の鳥にふさわしいと思われて、長くコノハズクと混同されてきた。つまり、コノハズクの鳴き声とブッポウソウの体をして「まぼろしの仏法僧」だったわけである。

しかし、実際のブッポウソウはゲゲゲッとお粗末な声で昼間鳴く鳥。美声のほうは夜間に深山の空気をふるわせる。昭和十年のこと、ラジオの中継放送でおもしろいことが起きた。愛知県鳳来寺山で録音された「ブッ・ポウ・ソウ」という声に、浅草で飼われていたコノハズクが応え鳴きしたのである。折から研究も進み、ブッポウソウは**姿の仏法僧**と呼ばれるようになった。

夏鳥として平地〜山地の大木がある林に渡来。枯れ木の梢や電線など見晴らしのよい場所にとまり、飛んでいる虫を捕らえ、また元の場所に戻る。

啄木鳥《きつつき》

木突《きつつき》
啄木《けら／たくぼく》
啄木鳥《けら／けらつつき／たくぼくちょう》
匠鳥《たくみどり》
番匠鳥《たくみどり／ばんじょうどり》
けら番匠鳥《たくみどり》
寺啄《てらつつき》
木たたき
鴷《れつ》

コゲラ yn

啄木鳥の子は卵から頷く《きつつき（けらつつき／てらつつき）のこはたまごからうなずく》

啄木鳥◆はキツツキ科の鳥の総称。樹木に縦にとまって鋭いくちばしで幹をつつき、音で昆虫の所在を探りながらほじくり出す。太鼓をたたくような**ドラミング**は求愛行動でもあり、思いつのって激しくなるのは誰しも同じ。その技は天性のものらしく、キツツキの子はひなのうちから首を上下させ、くちばしで物をつっつくようにして食べる。**啄木鳥の子は卵から頷く。**

別称を**けら**◆ともいい、代表格である**赤啄《あかげ》木鳥《ら》**◆には赤褌《あかふんどし》の名も。**青《あお》〔緑〕啄《げ》木鳥《ら》**◆（**山啄《やまきつつき》木鳥**、**黄啄《きげ》木鳥《ら》**、**茶《ちゃ》啄《げ》木鳥《ら》**）、**小啄《こげ》木鳥《ら》**◆、**山啄《やまげ》木鳥《ら》**◆、**熊《くま》啄《げ》木鳥《ら》**◆（**黒啄《くろげ》木鳥《ら》**）……。繁殖期の**春の啄木鳥《きつつき》**◆だけが春の季語。

啄木鳥《きつつき》の木つつき了《お》へて去りし時黄
なる夕日に音《ね》を絶ちしとき
北原白秋『桐の花』

もの云はぬつれなきかたのおん耳を
啄木鳥《きつつき》食《は》めとのろふ秋の日
与謝野晶子『舞姫』

すたり行《ゆ》く熟柿もあるに木啄鳥《てらつつき》　沢露川

樵り休めば啄木鳥の叩くしづかさよ　吉田冬葉

木啄鳥のたゝくこだまや夏木立　村上鬼城

落し文見し谷行くや寺つゝき　河東碧梧桐

啄木鳥に木深くも日の澄めるかな　島田青峰

ジンクス Jinx

こもり音に啄木鳥叩くまた叩く　原石鼎

キツツキの別名は**寺つつき**。由来は聖徳太子の縁にまでさかのぼる。反仏教派だった物部守屋《もののべのもりや》が滅びたあと、太子は守屋の館跡《やかたあと》に四天王寺を建て仏教をひろめた。守屋の亡魂は鳥となって現れ、くちばしで寺をつついて壊している……。なまって**けらつつき**。大工仕事をしているとみて、**番匠鳥**◆。

古代ギリシアでは、同じキツツキ科の**蟻吸**《ありすい》◆が現世と霊界を往き来して大活躍。この鳥は首をひねって頭を回転させることができ、その不気味さゆえに占い師の資格十分であった。ギリシア語名をJunx《イュンクス》といい、英語式に発音されて**ジンクス**の語源となった。

ひとりきいてゐてきつつき　種田山頭火

コゲラ *yn*

日本では９種類が棲み、アオゲラとノグチゲラは日本固有種。アリスイを除いてすべてのキツツキに〇〇ゲラの名がつき、幹に穴を穿って巣を構える。

雲雀《ひばり》

◎姫雛鳥《ひめひなどり》　告天子《こうてんし／こくてんし》　叫天子《きょうてんし》　天雀《ひばり》　天鷚《ひばり／てんりょう》　楽天《らくてん》　噪天《そうてん》

ヒバリym

揚雲雀霞の中に其外に　河東碧梧桐

草麦や雲雀があがるあれ下がる　上島鬼貫

しののめの星まだありぬ揚雲雀　篠原鳳作

星食ひにあがるきほひや夕雲雀　尾崎紅葉

月白に鳴きあがりたる雲雀かな　村上鬼城

穂麦に風あり雲雀雲に入る　田中貢太郎

日がくるめきおつよ雲雀ひた落つ　尾崎放哉

雲雀みな落ちて声なき時ありぬ　松本たかし

啼《なく》ほどは鳴《なき》て終《つい》には練雲雀　山岸陽和

雲雀がないてる
私だって
気持にわだかまりの無いときはお前のようだ

八木重吉「雲雀」

雲雀東風《ひばりごち》

うらうらに照れる春日《はるひ》に雲雀あがり
情《こころ》悲しも独《ひと》しおもへば

大伴家持『万葉集』

一千年の時をへても**雲雀**◆舞う日の春愁は同じ。**揚雲雀**《あげひばり》◆に**落雲雀**《おちひばり》◆、**朝**《あさ》**雲雀**《ひばり》◆に**夕雲雀**《ゆうひばり》◆、空はひねもす彼らの界《くに》で、**雲雀野**《ひばりの》◆に歓びの声が散乱すると き、言いしれぬ哀しみがこみあげる。

時季《とき》は三月、ヒバリが囀るころに吹く東風《こち》を中国・四国地方の一部で**雲雀東風**という。かと思えば四月の青森では**雲雀殺し**の思わぬ大雪……。だからせめておだやかな日は、**雲雀の口**《くち》**に鳴**《なる》**子**《こ》といわれるほど、飛びながら鳴きあかして、命をうたいきるのだろう。

初東風に吹流さる、雲雀かな　村上鬼城

練雲雀《ねりひばり》

「ヒバリは天界に棲んでいる」と書いたのはルナールだが（『博物誌』）、子産み子育てもすみほっとしたころ、あわれ、**夏雲雀**《なつひばり》◆は換羽期に入って自由に飛び回れなくなる。声もおさめて静かに練り歩くしかない日々、**練雲雀**◆と呼ぶ。**雲雀のよう**とはもともとやせてか弱い様に使われる形容だが、この時期のヒバリはさらにか細くなる。骨ばってやせていることを**雲雀骨**《ひばりぼね》という。

ヒバリ *gt*

イワヒバリ　岩雲雀 *yn*

夏の高山でヒバリと同じように美しく鳴くのは**岩雲雀**◆。大きさも同じくらい。しかし体は灰褐色。名前にヒバリとつくので混同されがちだが、分類はイワヒバリ科で、夏の季語。**御山雀**（おやますずめ）、**岳雀**◆（だけすずめ）、**いわくぐり**などの別名が生態をよく物語る。同じイワヒバリ科の鳥としては、**茅潜**◆（かやくぐり）も夏の小鳥。**かやぐき**、**やぶもぐり**◆、**おおさざい**などとも呼ばれ、やや低めの声で喉を聞かせる。

一年を通して田畑や草原で見られるが、北海道や本州でも積雪地では夏鳥。早春から「ピーチク、ピーチク」と囀り、春告鳥とする地域もある。

燕

つばめ

◎乙鳥《つばめ／おつどり／いっちょう／おっちょう》　玄鳥《つばめ／げんちょう》　つばくろ　つばくら　つばくらめ　つばびらこ　つば　つばい
烏衣《うい》　ひめす鳥《どり》　紫燕《しえん》　社燕《しゃえん》　越燕　天女

乙鳥も其志は浪の上　鵬斎
尾も羽根も削り立《たて》たる乙鳥哉《かな》　溝口素丸
子供等も羽つくろひして行く乙鳥　井上井月
物申す頭の上を燕かな　斎藤緑雨
乙鳥の朝から翔る暑さかな　渡辺水巴
巣からとぶ燕黒し五月晴　原石鼎

ショウドウツバメ *gt*

燕の水はち

つばめのみずはち

乙鳥も雀も客よ花の宿　井上井月
燕《つばくろ》のさへづり宙にこぼれけり　川端茅舎

日本の春は**燕来る**◆で本番となる。**燕**◆はツバメ科の小鳥の総称だが、古名は**つばくら**◆、**つばくらめ**◆。語呂のよさから今でも詩歌などに好まれる。

ツバメの魅力は、**燕尾服**の由来ともなった姿のよさと、**燕返《つばめがえ》し**に身を翻《ひるがえ》すシャープな動き。**飛燕《ひえん》**◆という響きがよく似合う。蒸し暑い日に、くり返し水面をかすめ飛ぶ様は見飽きることがない。和歌山ではこれを**燕の水はち**といい、雨の前兆とみる。

飛燕蒼し花も過ぎたる嵐山　島村元

日本で見られるのは５種で、南西諸島のリュウキュウツバメ以外は夏鳥。飛んでいる虫が餌。天気がよい日は空高く、悪い日には低く飛ぶという。

ツバメ *yn*

梁の燕《うつばりのつばめ》

乙鳥《つばくら》や雪に撓《たわ》みし梁《はり》の上　高井几董
傘《からかさ》にねぐらかさうやぬれ燕　宝井其角

ツバメは一夫一妻。毎年、同じ**燕の巣**◆に戻ってくるらしい。**朝燕《あさつばめ》**◆に**夕《ゆう》燕《つばめ》**◆、**川燕《かわつばめ》**◆に**里燕《さとつばめ》**◆、二羽で楽しげな**諸燕《もろつばめ》**◆、集団でいる**群燕《むらつばめ／むれつばめ》**◆、雨に濡れながら飛ぶ**濡燕《ぬれつばめ》**◆。

ツバメが梁に巣をかけてひなを育てているとき、外敵が来れば身を捨てて子を守るという。**梁の燕**は親の深い愛をいう。**梁の燕は子故《こゆえ》の闇《やみ》に迷う**も同じ。かたや、**燕幕上《まくじょう》に巣くう**は不安なことのたとえ。ワンシーズンに子作りは二回。一番子、二番子の**子燕《こつばめ》**◆が育つと、**親燕**◆はやっと一息つく。

燕蝠《えんぷく》の争いは昼型のツバメと夜型の蝙蝠《こうもり》の話。日の出と日の入り、どちらが一日の始まりか、双方一歩も引かずに争ったが誰も決められなかったという。コウモリ*一七八頁の異名は**夜燕《やえん》**◆。

秋がくると、電線に燕たちが
長く連なってふるえているのが見える。
冷えてしまった小さな心が不安にみちているのがわかる。
一番小さな燕も、見たことがないのに
アフリカの暑くてしみひとつない空に憧れている。

フランシス・ジャム／手塚伸一訳「木の葉をまとえる教会」より

ショウドウツバメ *yn*

秋燕に川浪低うなりにけり　村上鬼城

頂上や淋しき天と秋燕と　鈴木花蓑

燕や烈風に打つ白き腹　川端茅舎

拾ひたる秋の燕のぬくみ哉《かな》　篠原鳳作

燕去り月

つばめさりづき

燕のかへる日柳ちる日かな　岡野知十

燕雁代飛《えんがんだいひ》は秋の空。夏鳥のツバメと冬鳥のガンが入れ代わる。人と人とがすれ違って会えないことのたとえにもなる。**帰燕**《きえん》◆、**燕**《つばめ》**帰**《かえ》**る**◆、**去**《い》**ぬ燕**《つばめ》◆、**帰る燕**◆、どれをあげても名残惜しく、陰暦八月を**燕去り月**◆という。

人の思いをよそに、**秋燕**《あきつばめ／しゅうえん》◆たちは落ちつかない。はるかな道中、海で生きるほうを選び**燕魚**《つばめうお／つばくろうお》（トビウオの別名）になった仲間の逸話もあるから。**残る燕**◆もいて、冬になっても見かけるのは**通**《とお》**し燕**《つばめ》◆。**越冬燕**《えっとうつばめ》とも。

飛魚《とびうお》となる子育《そだ》つるつばめ哉　与謝蕪村

岩燕

いわつばめ

◎岳燕《だけつばめ》

岩つばめ滝より出でて滝に入る　岡本綺堂

巌つばめ乙女鳥に似て一寸赤し　水落露石

相つれては相わかれては岩燕　原石鼎

イワツバメ *gt*

岩戸の一足鳥《いわとのいっそくちょう》

岩燕◆はツバメより小型で短い尾をもち、趾《あしゆび》まで白い羽毛におおわれる。山地から都会のビルにいたる広い範囲に棲息し、海岸や山岳地の岩場、コンクリート壁などに集団で営巣することで知られる。**岳燕《だけつばめ》**◆、**山燕《やまつばめ》**とも。

江戸中期の橘南谿が『西遊記』に記した熊本県球磨地方の**岩戸の一足鳥**とは、この鳥のことらしい。神の使いとして崇められたという。

アマツバメ　雨燕 *gt*

いわゆるツバメと呼ばれるのは、**腰赤燕**◆（こしあかつばめ）、**小洞燕**◆（しょうどうつばめ）、**岩燕**◆などで、スズメ目ツバメ科の鳥。一方、**雨燕**◆はアマツバメ目アマツバメ科の鳥の総称。脚の４趾がいずれも前向きについていて、岩壁に垂直にとまることができるが、木にはとまれず、じつをいうとツバメとは遠い種である。雨が降りそうになるとよく飛ぶのでこの名がある。**胡燕**（こえん）、**雨鳥**（あまどり／あめどり）、**雨黒燕**（あまくろつばめ）、**あめ**、**あなぐらつばめ**、**くもきり**、**かざきり**、**かざとり**などの名も。細長い翼が鎌の形に曲がって見えるので、**鎌燕**（かまつばめ）とも呼ばれる。飛びながら昆虫を捕まえて食べ、交尾も空中で。どこかにとまっていることがほとんどないほど。

鶺鴒《せきれい》

畑に飛んで交《つる》む鶺鴒一点の白金光《はっきんこう》となりてけるかな

北原白秋『雲母集』

◎鶺《つ》鴒《つ》　石たたき　庭たたき　尻《しり》〔後〕引《び》き　嫁鳥《とつぎどり》　教鳥《おしえどり》　嫁教鳥《とつぎおしえどり》　嫁学鳥《とつぎまなびどり》　道教鳥《みちおしえどり》　恋教鳥《こいおしえどり》

恋知鳥《こいしりどり》　妹背鳥《いもせどり》　まなばしら　にわくなぶり

キセキレイ *gt*

石たたき《いしたたき》

ビンズイとタヒバリを除くセキレイ科の鳥を総称して**鶺鴒**◆。長い尾をせわしなく振り、足下の岩をたたくような仕草から、**石たたき**◆、**庭たたき**◆と呼ばれてきたが、それはもっぱら**黄鶺《きせき》鴒《れい》**◆。ほかには**白鶺鴒《はくせきれい》**◆、**背黒鶺鴒《せぐろせきれい》**◆、**石見鶺鴒《いわみせきれい》**◆などが日本に棲息する。

『日本書紀』には、伊弉諾尊《いざなきのみこと》と伊弉《いざな》冉尊《みのみこと》はセキレイの動きから男女の交わりを学んだとある。**嫁鳥**◆、**嫁教鳥**◆などの名はそのいわれから。セキレイが家に巣をつくると子宝に恵まれたり幸いが来ると信じられていた。アイヌのユーカラでは、コタン・カラ・カムイ《国造りの神》が大地を創るとき、翼を羽ばたかせながらその足で大地を踏みしめたのが、セキレイであった。

セキレイ科は日本では13種、その中で名前にセキレイとつくのは6種。一般的に見られるのはハクセキレイ、セグロセキレイ、キセキレイの3種類。

せきれいや百間はしる棟瓦　溝口素丸

鶺鴒の寒さもて来《こ》や蔵の陰　鈴木道彦

せきれいのかぞへて飛ぶや石の上　内田沾山

菊の花見に来てゐるかいしたゝき　可南女

鶺鴒や飛石ほしき朝の川　井上井月

鶺鴒の道しるべしぬ竹の奥　水落露石

鳴かでたゞ鶺鴒居るや石の上　泉鏡花

鶺鴒の尾に秋風をそらしけり　河東碧梧桐

渓若葉水裂く声は鶺鴒ぞ　渡辺水巴

谷底を一つ歩けり石たゝき　原石鼎

ハクセキレイ *gt*

鴒原の情《れいげんのじょう》

ひたひたと水うちすりてとぶ鳥の
鶺鴒《いしたたき》多しこの谷川に　若山牧水『山桜の歌』

中国最古の詩集『詩経』にある見立てによれば、野原にいるセキレイが飛んでは鳴き、歩いては尾を振り、いつも落ちつきがないのは、兄弟のことを心配し、事あればすぐに駆けつけようとしているからだとか。いくら仲がよくても、友達ではとてもこうまではいかない、と。このように兄弟仲のよいことを**鴒原の情**という。見る人の夢。

鶺鴒や水裂けて飛ぶ石の上

二三疋水天に飛びぬ石たゝき　村上鬼城

山椒喰

さんしょうくい

◎山鶺鴒《やませきれい》　高野燕《こうやつばめ》　みやまさんこう

朝めざめきよらにをれば山椒喰
山谷春潮

リュウキュウサンショウクイ *gt*

ひりひり

澄んだ声でヒリリッヒリリッと鳴く小鳥は**山椒喰**◆。**ひりひり**とも**ひりりん**とも聞こえるが、サンショウを食べて口の中が辛いのだろうという発想からこの名がついたという。

姿はモダン。その洗練されたカラーコーディネイトを見ならいたいほど。高く飛びながら鳴き、木のてっぺん近くにとまっても鳴くが、なかなか下に降りてこないので高嶺の花と通じるものがある。サンショウクイ自体が、**山椒は小粒でもぴりりと辛い**のである。

鳴きなきて木の間《こま》づたひに近づける
山椒喰をわれは見にけり

半田良平『幸木』

夏鳥として全国の山地に渡来。上空を鳴きながら飛ぶ姿がよく見られる。九州以南には別亜種のリュウキュウサンショウクイが留鳥として棲む。

鵯

ひよどり

◎鵯《ひよ／ひえどり》　はなすい　＊漢名の鵯はハシブトガラスのこと。

鵯のこぼし去りぬる実の赤き　与謝蕪村

鵯の花吸ひに来る夜明かな　酒井抱一

南天《なんてん》燭の実にひよどりのさゝやきよ　泉鏡花

鵯や紅玉紫玉食みこぼし　川端茅舎

ひよどり来きくいただき来人来ずも　竹下しづの女

木の芽はむ鵯やみぞるゝ音幽か　渡辺水巴

群れゐつつ鵯《ひよどり》なけりほろほろとせん
だんの実のこぼれけるかも　古泉千樫『川のほとり』

鵯《ひえどり》の晴《はれ》を鳴く樹《き》のさやさやに葛《くず》もす
すきも秋の風吹く　長塚節『長塚節歌集』

ヒヨドリ *yn*

ひよひよ

ひよ〳〵と鳴くは鵯《ひよどり》　鳴かぬは池の
友に鴛鴦《おしどり》連れてゆく　『山家鳥虫歌』

鵯◆の鳴き声は、「**ひよ〳〵と鳴くは鵯**」と口当たりのよい句形になって、古くから流行小歌や民謡にうたいこまれてきた。遠目にはのどかな印象。

ところが、実際は鳴き声も振る舞いもなかなかたくましい。花の蜜を吸い蕾も食べ、とりわけ赤い実に目がない超グルメ。おかげで花や実を心待ちにしていた人を落胆させる。晩秋、赤く熟した実をつけるナス科の植物は、人呼んで**鵯上戸**《ひよどりじょうご》◆。ヒヨドリがあおるがごとく平らげるのでこの名前。

花吸ふと鳴《なく》鵯のひよ〳〵と　菅沼曲翠

赤い実がひよを上戸にしたりけり　小林一茶

一年を通して街中でよく見られ、庭にも姿を現す。渡りをするものもいて、秋、半島や岬では海を渡る大きな群れが見られる。

鵙《もず》

鵙一羽来て掻《かき》まはす梺《ふもと》かな　建部巣兆

百舌鳥のさけぶやその葉のちるや　種田山頭火

雲さわぐきりきり百舌はいづら往《い》た　臼田亜浪

鵙鳴いて山容崄を加へけり　島田青峰

鵙裂帛の怒りを恚《いか》り鵯ゆづらず　竹下しづの女

露打つて翔りし影は天の鵙　川端茅舎

モズ gt

◎百舌《もず》　百舌鳥《もず》　伯労鳥《もず》　ささらおと鳥《どり》
鵙《げき》　伯労《はくろう》

鵙の高音《もずのたかね》

冬木立ときぐ〳〵鵙の高音かな　村上鬼城

鵙猛《たけ》る◆と表現される秋、**鵙**◆は一羽ごとになわばりを宣言し、雄も雌もキーイキーイあるいはキチキチキチキチと鋭い声で威嚇しあう。これが**鵙の高音**◆。単に**鵙啼く**◆、**鵙の声**◆とも。調子の激しさから、異変を予兆する鳥ともいわれたらしい。

折しも天はすっきりと高く、**鵙の高鳴き上天気**である。**鵙日和《もずびより》**◆、**鵙の晴《はれ》**◆が続く。**百舌が来るなら大風は吹かぬ**は熊本のことわざ。野分《のわき》のあと、モズが鳴きだすとほっとして警戒をゆるめたもの。長野では、**百舌の高鳴き七十五日**という。モズが鳴きはじめて二カ月半すると霜が降りる。

秋〜春は里、夏は高原で見られ、とくに夏のモズを高原モズという。嘴は鉤形で、昆虫やトカゲ、カエル、小鳥などを襲い、小さな猛禽と呼ばれる。

鵙の沓直《もずのくつで》

今宵また月に濡るるか鵙の贄《にえ》

上川井梨葉

モズは、とらえた獲物を枝の先などに刺して引きちぎって食べる。その残骸を、**鵙の贄**◆、**鵙の早贄**《はやにえ》◆、**鵙の贄刺**《にえさし》◆などと呼ぶ。新潟では、贄の枝の高さで降雪の多少を占ったという。

これを**鵙の沓直**ともいうのは動物説話から。前世でのこと、モズはホトトギスに沓をつくらせ、四~五月ごろ支払うといっては踏み倒してしまった。それをホトトギス（別名**沓手鳥**＊八二頁◆）は今生でも許さず、モズを見るや代金を催促して激しく鳴くのだとか。早贄はそれの詫び。

昔話のモズは、とかくこ狡《ずる》い役回り。あるとき、モズとハトとシギが十五文の買い食いをした。しかし、ハトに八文、シギに七文払わせて、自分は知らん顔。この体《てい》を**鵙勘定**《もずかんじょう》という。

モズ♂（左）と♀（右）yn

春の鵙《はるのもず》

秋のモズがけたたましいのに比べて、**冬の鵙**◆は声をおさめてほとんど鳴かない。**寒**《かん》**の鵙**◆、**冬鵙**《ふゆもず》◆とも。

そして春。モズはなわばりを解いてやさしくなる。雄と雌は急接近。**春の鵙**◆の甘い生活が始まる。

この時期、モズの雄は、ほかの鳥や動物の声を上手にまねた囀りで、ささやくように愛を語る。**百舌**◆、**百舌鳥**◆という漢字を当てるのはこのため。

番《つがい》になると、今度は雌がささめきはじめる。子供のように甘えるので、雄はせっせと餌を運び、子ができる。

鳥の世界の、なんと円《まど》かにできていることよ。ボタンの掛け違いもなく。

春されば百舌鳥の草ぐき見えずとも
吾は見やらむ君が辺《あたり》をば

よみ人知らず『万葉集』

キレンジャク yn

連雀《れんじゃく》

◎ほや鳥《どり》　唐雀《からすずみ／からすずめ》　尻鎖《しりくさり》〔腐〕

秋かけて鳴渡りぬるれんじゃくの羽がひの露やおも荷なるらん　石田未得『吾吟我集』

練雀《れんじゃく》の尾はむつかし、鳥の形《なり》　服部土芳

連雀やひとりしだるゝ松の中　大島蓼太

寄生木鳥《ほやどり》

緋連雀春は群れくる枯えだの一枝一枝とほろぬくみつつ　北原白秋『橡《つるばみ》』

連雀◆には、**緋連雀**◆（**十二紅**《じゅうにこう》）と**黄連雀**◆（**十二黄**《じゅうにおう》）がいて、それぞれ立派な冠羽を戴いている。両者は、十二枚ある尾羽の色の違いから江戸時代に区別されるようになったが、それまでは一種として扱われていたらしい。群れ連なっているためこの名がある。

ほや〔**寄生木**／**寄生**〕**鳥**◆とも呼ばれるのは、古名を「ほや」といった寄生木《やどりぎ》の実を好んで食べるから。

レンジャクの冠羽があまりにも目立つので、いつしか「れんじゃく」が冠羽の代名詞のように使われるようになった。

日本には冬鳥として渡来するが、年によって渡来数の変動が大きい。渡ってきたときは電線などに数百という大きな群れが並ぶのでこの名がある。

鷦鷯

みそさざい

◎三十三才《みそさざい》　胄蝶《かぶとちょう》　巧婦鳥《たくみどり》　さざき　ささぎ　さざい　みぞさんざい　みそさんざい　みそっちょ

鷦鷯一枝《しょうりょういっし》

冬庭を動くがゆゑに目に見れど居り
処《ど》のわかぬ鷦鷯《ささぎ》ちひさし
中村憲吉『軽雷集以後』

小さきものこそ幸いなれ、といいたくなる**鷦鷯**◆。ぴんと尾を立てて、小さな体でかいがいしく動く。二月、ほかの鳥にさきがけて鳴き、春を呼ぶ。

そんなミソサザイの巣は、丸くて横に入り口があるたくみな作り。雄は半分巣ができたところへ雌を誘い、夫婦で完成させて繁殖するが、子育ては雌にまかせて傍らでただ歌う。巣作りと歌のうまい雄がもてるのは必然。

鷦鷯一枝とは、大きな森の中のたった一本の枝にかかるミソサザイの巣。己《おの》が分《ぶん》に安んじ、足るを知る心をいう。**巣林《そうりん》の一枝《いっし》**とも。

鶯に啼《な》て見せけり鷦鷯　森川許六
鷦鷯家はとぎるゝはだれ雪　祐甫
雪の日に庵借《いおりかそう》ぞ鷦鷯　依々
跡先に雀飛けりみそさゞゐ　加舎白雄
草の枯るるにみそつちよ来たか　種田山頭火
凍雪や戸口を走る三十三才　村上鬼城
三十三才チヨロと落葉を返し飛ぶ　河東碧梧桐
山は皆鳥のものにてみそさゞい　松瀬青々

ミソサザイ *gt*

山地の渓流沿いの林に棲む。日本で一、二を争う小さな鳥だが、囀りは渓流の音に負けない大きな声。冬は山地を降り、人家の縁の下などに棲む。

鶇

つぐみ

かへらぬ夢悲しむ如くたえず啼く湖《うみ》
近き山の黒つぐみ鳥　前田夕暮『陰影』

ききと啼く鶇と雪と青き菜と二月の
頃の古きおもひで　岡稲里『早春』

鶇鳴く尾上の松は明けにけり　生駒万子

求めえてよろこびけらし黒つぐみ　野々口立圃

◎鳥馬《ちょうま》　つむぎ　しない鳥《とり》

ツグミ *gt*

鳥馬

ちょうま

鳥馬◆というユニークな名は**鶇**◆の別称。二本脚で地面をぴょんぴょんと跳ぶ様からついた。仲間に**黒鶇**《くろつぐみ》◆、**赤腹**《あかはら》◆、**白腹**《しろはら》◆、**虎鶇***一七八頁◆などがいる。

肉が美味であったことが災いして、昭和二十二年にカスミ網猟が禁止されるまで、気が遠くなるほどの数が犠牲になった。釣りツグミ猟ではケラを糸でつないで餌にしたので、両者の利害が対立することを**鶇喜べば螻蛄**《けら》**腹立つ**あるいは**螻蛄**《けら》**腹立つれば鶇喜ぶ**という。このたとえ、「螻蛄」を「人間」におきかえても意味が通る。いつも、やりすぎるまで己の愚かさに気づけない、人の哀しさが見えてくる。

つぐみこそ悦べはらや立《たち》けらし　松永貞徳

冬鳥として日本各地の平地〜山地の林、公園、河川敷などに渡来する。地上でミミズや昆虫類を餌とするが、木の実もよく食べ庭にも姿を現す。

駒鳥《こまどり》

駒どりのもとの雫《しずく》や末《すえ》の露　服部嵐雪

こま鳥や声あきらかに花の中　各務支考

駒どりの声ころびけり岩の上　斯波園女

駒鳥の日晴れてとよむ林かな　高桑闌更

駒鳥《こま》の声日をよぶ雲の梢かな　幸田露伴

駒鳥に鵯応へて山桜　長谷川零余子

駒鳥の出所《でどころ》ゆかし花の雪　立花牧童

◎知更鳥《こまどり》　こま　知更雀《ちこうじゃく》

駒鳥笛《こまぶえ》

山にいりて世ははるかなり渓川《たにがわ》やあを葉にひびく駒鳥のこゑ　中村憲吉『軽雷集』

ヒインカラカラと馬のいななきのような抑揚で鳴くのは**駒鳥**◆。とはいえ、ウグイス、オオルリとともに**日本の三鳴鳥**に数えられる美声である。英名を**Japanese Robin**というほど、夏鳥として日本各地に渡来する。**駒鳥笛**《こまぶえ》◆はコマドリを鳴かせるための誘い笛。

おもしろいのは学名。種小名がakahigeとなっており、近似種の**赤髭**◆のほうにkomadoriとつく。申請時の事務的なミスらしいが、一度登録されてしまうと変更できないことになっており、なんとも居心地の悪いことではある。

コマドリ *gt*

夏鳥として、標高 1500 m前後の笹のよく繁った林に渡来する。囀っているとき以外は笹藪の中で生活しているため、姿を見つけるのは難しい。

鶯《うぐいす》

春もや、あなうぐひすよむかし声
与謝蕪村

春告鳥《はるつげどり》

鶯◆は**春告鳥**◆とも**報春鳥**◆ともいわれ、この鳥がいなくては年は明けない。**鶯の**は「春」にかかる枕詞。

とりわけ「春告草《はるつげぐさ》」の異名をとる梅の木とのとりあわせが喜ばれ、『大鏡』にある**鶯宿梅《おうしゅくばい》**◆の故事は、枝に棲むウグイスへの情けを乞い、勅命であった紅梅の移植を断念させた話である。そこから**禁鳥《とどめどり》**の別名が生まれ、梅は**鶯の宿《やど》**と呼ばれるようになった。**鶯の梅見つけたよう**とは、思ったとおりにうまく事が運ぶこと。

三日月やふはりと梅にうぐひすが
小林一茶

ウグイス gt

◎愛宕鳥《あたごどり》　歌詠鳥《うたよみどり》　黄鳥《うぐいす》　黄飛《おうひ》　歌童《かどう》　黄粉鳥《きなこどり》　経読鳥《きょうよみどり》　禁鳥《とどめどり》　匂鳥《においどり》
人来鳥《ひとくどり／ひとくるどり》　花見鳥《はなみどり》　春告鳥《はるつげどり》　報春鳥《ほうしゅんちょう／はるつげどり》　みみめ鳥《どり》　なつかし鳥《どり》　春鳥《しゅんちょう》

朝はやく鶯の声をきくと
障子の向ふがあかるくなったように思われる
八木重吉「鶯」

郵 便 は が き

料金受取人払郵便

牛込支店承認

1354

差出有効期間
平成21年1月
10日まで

162-8790

東京都新宿区
西五軒町2-5 川上ビル

株式会社
文一総合出版 行

<table>
<tr><td rowspan="2">ご住所</td><td colspan="5">フリガナ</td></tr>
<tr><td colspan="5">〒 －
都道
府県</td></tr>
<tr><td rowspan="2">お名前</td><td colspan="3">フリガナ</td><td>性別</td><td>年齢</td></tr>
<tr><td colspan="3"></td><td>男・女</td><td></td></tr>
<tr><td>ご職業</td><td></td><td>ご趣味</td><td colspan="3"></td></tr>
</table>

◆ご記入いただいた情報は，小社新刊案内等をお送りするために利用し，それ以外での利用はいたしません。

◆弊社出版目録の送付（無料）を希望されますか？（する・しない）

俳句と詩歌であるく鳥のくに　愛読者カード

平素は弊社の出版物をご愛読いただき，まことにありがとうございます。今後の出版物の参考にさせていただきますので，お手数ながら皆様のご意見，ご感想をお聞かせください。

◆この本を何でお知りになりましたか

1．新聞広告（新聞名　　　　　　　）　4．書店店頭
2．雑誌広告（雑誌名　　　　　　　）　5．人から聞いて
3．書評（掲載紙・誌　　　　　　　）　6．授業・講座等
7．その他（　　　　　　　　　　　　　　　　　　　）

◆この本を購入された書店名をお知らせください

（　　　　都道府県　　　　　市町村　　　　　書店）

◆この本について（該当のものに○をおつけください）

	不満		ふつう		満足
価　格	▌	▌	▌	▌	▌
装　丁	▌	▌	▌	▌	▌
内　容	▌	▌	▌	▌	▌
読みやすさ	▌	▌	▌	▌	▌

◆この本についてのご意見・ご感想

鶯や柳の後《うしろ》藪の前　松尾芭蕉
鶯の鳴きそむる日の小声かな　大谷句佛
うぐひすやもの、まぎれに夕鳴す　加藤暁台
うぐひすのふたつ居て音をゆづりけり　岩波午心
春雨や鶯鳴いて谷移り　村上鬼城
鶯の初音自慢や朝使ひ
鶯の重荷おろせしはつ音かな
鶯をまちつ、拝む朝日かな　井上井月

ウグイス *yn*

流鶯《りゅうおう》

ウグイスの鳴き声を**鶯語**《おうご》、**鶯唇**《おうしん》、**鶯**《おう》**舌**《ぜつ》などという。笛とみて**鶯簧**《おうこう》とも。傍らに歌い上手の先輩ウグイスがいればどんどん上達する。**花中**《かちゅう》**の鶯舌は花ならずして香**《かんば》**し**とは、よい環境で育てば自然に染まっていくことのたとえ。

多くはホウホケキョウと聞こえるので、「法華経」を読む**経読鳥**◆という名で知られる。また「人来人来《ひとくひとく》」と聞いて**人来鳥**◆とも。さらに、匂うがごとき美声なので**匂鳥**◆と呼ばれることもある。**歌詠鳥**◆、**歌童**◆などの名も日本三鳴鳥の種にふさわしい。

やがてウグイスは、木から木へ枝移りしながら鳴くことも覚える。**流鶯**◆といい、**鶯の谷渡り**◆という表現でも知られる。

流鶯や山脈の果雲に入る　大谷句佛

平地〜亜高山帯の林に棲み、北や標高の高いところのものは冬には暖地へ移動する。ウグイスはオリーブ褐色。俗にいう鶯色はメジロの色。

老鶯に一山法を守りけり　村上鬼城
ひとりきくや夏鶯の乱鳴　夏目漱石
白峰に花無し鶯老ひにけり　長谷川零余子
老鶯や夕靄上る山の湖　菅原師竹
雲晴れて解夏《げげ》の鶯きこえけり　河東碧梧桐

ウグイス *yn*

鶯老を啼く《うぐいすおいをなく》

夏・秋の末まで老いごゑに鳴きて、「むしくひ」など、ようもあらぬ者は、名を付けかへていふぞ、くちをしくくすしき心地する。

清少納言『枕草子』

これは名うての随筆家、清少納言が**夏鶯**《なつうぐいす》◆に心寄せした一節である。美声でならすウグイスも、夏ともなれば**老鶯**《おいうぐいす／ろうおう》◆などと年寄り扱い。さらには**乱鶯**《らんおう》◆、**狂鶯**《きょうおう》◆、**残鶯**《ざんおう》◆といった雑言《ぞうごん》の数々。あげくに「虫喰い」とまで貶《おとし》める心ない世間を嘆いている。

鶯老を啼く◆は、いわば熟達したウグイスの堂々たる歌唱。反対に、夏になっても身振りばかりでまだうまく鳴けずにいるのは**手振り鶯**《てぶりうぐいす》。

うぐひすや何こそつかす藪の霜　与謝蕪村

雪の上ぽつたり来たり鶯が　川端茅舎

鶯の脛《すね》の寒さよ竹の中　尾崎紅葉

鶯にほろりと笹の氷かな　立花北枝

庭先の茶の木にをりてささ鳴ける鶯
よよきうぐひすとなれ　若山牧水『黒松』

ウグイス *yn*

鶯鳴かせたこともある《うぐいすなかせたこともある》

誰にとっても時間ほど、平等にすぎるものはない。若きは老い、力は枯れる。そして、往時をそっと思い出す。**鶯鳴かせたこともある**とは、今は古木となった梅も花盛りにはウグイスを呼び寄せて鳴かせたものよという意味。女性が女盛りだったころを偲ぶときに使われる。松江地方では、**鶯鳴かせた後家《ごけ》が鶯坊主に泣かされる**という。**鶯坊主**とは美声で経を読む僧のこと。

当のウグイスは、冬には**冬鶯**《ふゆうぐいす》◆、**冬の鶯**◆、**寒鶯**《かんおう》◆、**藪鶯**《やぶうぐいす》◆と呼ばれるようになり、文字どおり藪の中で、チッ、チッ、チッ、チッという**笹鳴き**＊二二頁◆をして春を待つ。

葭切

よしきり

六月のただ青かりし水辺《すいへん》のよしきりのこゑぞ耳にのこれる　岡稲里『早春』

行々子《よしきり》はおのれ啼かねば寂しさに堪へがてぬかもかしましくなく　半田良平『野づかさ』

托卵は青葉しげれる葦切の巣を狙ひつつたくらまれたり　齋藤史『秋天瑠璃』

◎行行子《ぎょうぎょうし》　仰仰子《ぎょうぎょうし》　葭雀《あしすずめ／よしすずめ》　葭原雀《あしはらすずめ／よしわらすずめ》　葭鶯《あしうぐいす／よしうぐいす》　葭鳥《あしどり／よしどり》　剖葦《ぼうい／よしきり》

仰仰子

ぎょうぎょうし

行々子大河はしんと流れけり　小林一茶

ウグイス科の二番手は**葭切**◆（「葭」は「蘆」とも「葦」とも書く）。**大葭《おおよし》切《きり》**◆と**小葭《こよし》切《きり》**◆の総称だが、ギョギョシ、ギョギョシとかしましく鳴くことから**仰仰子**◆、**行行子**◆の異名をとるのは前者。アシ原に棲むので**葭原雀**◆の名もあり、**葭原雀《よしわらすずめ》でかしましい**とは、口数が多くうるさくて閉口すること。また、そのように多弁で早口な人のことをいう。**ちょちょじの頭《あたま》に鈴結《ゆ》いつけたよう**も同じ。鳴き声を名前にして呼んだもの。

それにしても、人は己をさしおいてずいぶんな言い方をするものだ。

平地の河川敷や水田脇のアシ原にはオオヨシキリ、高原や北のアシ原にはコヨシキリが多い。オオヨシキリの口の中は赤く、コヨシキリは黄色。

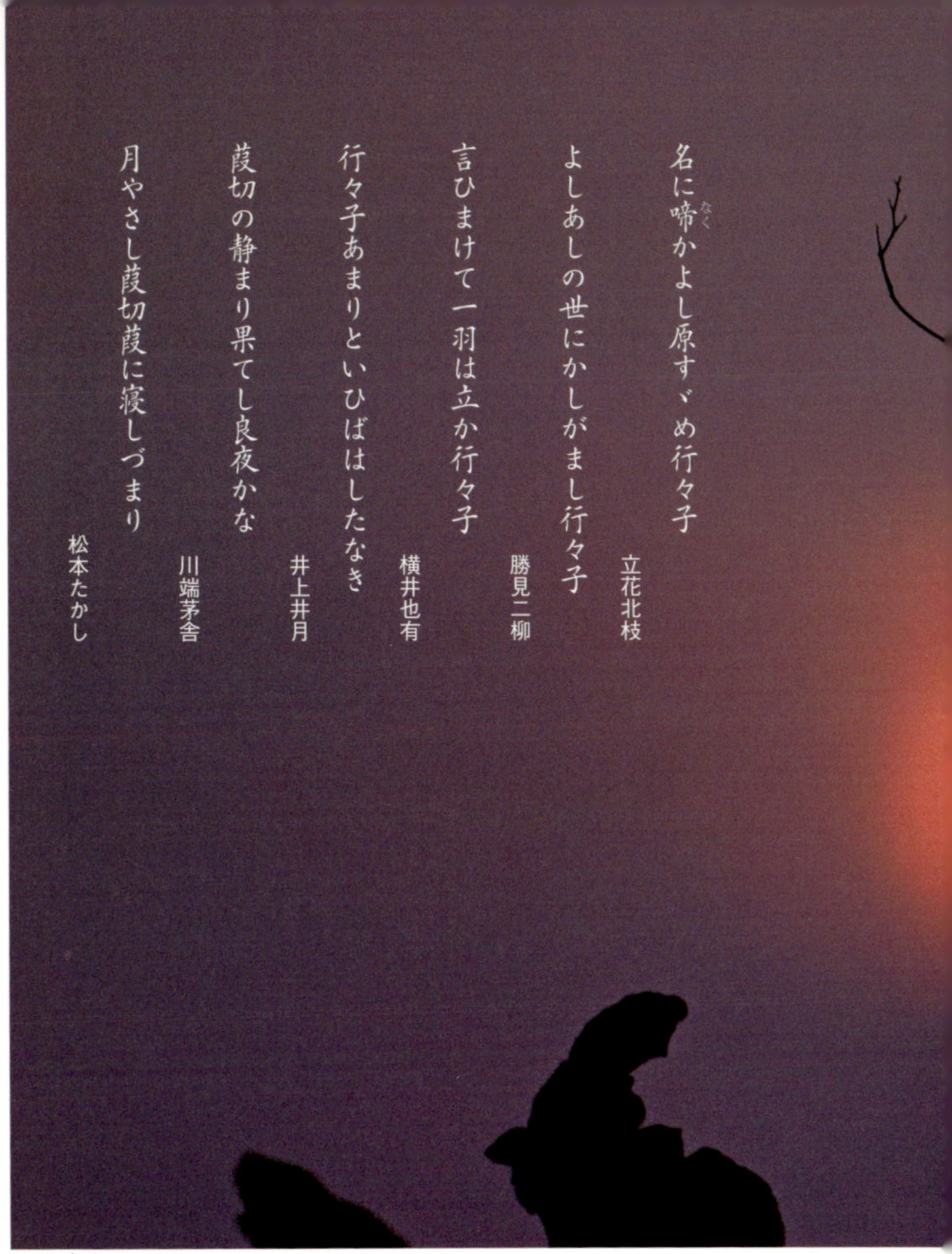

名に啼《なく》かよし原すゞめ行々子　立花北枝

よしあしの世にかしがまし行々子　勝見二柳

言ひまけて一羽は立か行々子　横井也有

行々子あまりといひばはしたなき　井上井月

葭切の静まり果てし良夜かな　川端茅舎

月やさし葭切葭に寝しづまり　松本たかし

コヨシキリ *gt*

コヨシキリ *gt*

麦枯らし むぎからし

雷のごろつく中を行々し　小林一茶

土佐では、麦が熟しはじめるころにオオヨシキリが渡ってくる。ついたあだ名が**麦枯らし**。播磨、出雲あたりでは**麦《むぎ》熟《う》らし**◆、岡山では**麦《むぎ》熟《うる》らし**◆と呼ぶ。こうした**鳥暦**は土地ごとの地勢や気候条件によって当てはめる鳥が変わるので、必ずしも一定ではないが。

夏も盛りの陰暦六月半ば、繁殖期が終わると、オオヨシキリの求愛囀《てん》もぱたっと止まる。それを佐賀では、**行行子は祇園様の御祭りから口が裂けて鳴けなくなる**というそうである。カッコウやホトトギスの托卵攻撃を受けながら、忙しい子育てが始まる。

よしきりに地をうたわせてほとゝぎす　『誹風柳多留』

菊戴《きくいただき》

◎きくいち　まつむし　すぎむし　松毟鳥《まつむしり》　まつくぐり　松雀《まつめ》　戴勝鳥《たいしょうちょう》

飛《とん》でまたみどりに入《い》るや松むしり　広瀬惟然

菅笠の菊いたゞきや旅すがた　中川乙由

夏さらば木《こ》ぬれも繁《しじ》に松雀《まつめ》らがじつと隠《こも》りて鳴く日多からむ　中村憲吉『林泉集』

キクイタダキ *yn*

松毟鳥《まつむしり》

なつかしく菊いたゞきのこゑす也のこれる花も見えぬ垣根に　大隈言道『草径集』

菊戴◆は、名前のとおり頭にキクの花のような黄色い飾りをつけたウグイス科の鳥。ミソサザイ*一一一頁とともに日本でいちばん小さい。夏は高山にいるので見かけないが、秋冬は麓に降りてくるため人の目をひく。

マツやスギなどの針葉樹の梢にいて、**松毟鳥**◆、**まつくぐり**◆と呼ばれるのも同じ鳥。組み合わせる植物によって、季節が変わるのである。ナンセンスのようだが、一句一句味わってみると、その意味と趣がわかる。

日本で最小の鳥の一つ。夏の繁殖期は亜高山帯に棲み、冬は平地の雑木林に降りる。一年中針葉樹林を好んで樹冠の葉陰にいるため見つけにくい。

ウグイス科の小鳥たち

セッカ　雪加 *yn*

雪加◆は**雪下**◆（せっか）とも書き、別名を、**萱鳥**◆（かやどり）、**藪雀**◆（やぶすずめ）、**裁縫鳥**◆（さいほうどり）、**こせっか**、**やちこ**などという。クモの巣で茅花（つばな）や草の葉を綴り合わせて、器用にとっくり形の巣をつくる。川原、草原、農耕地に棲む。

センダイムシクイ　仙台虫喰 *gt*

仙台虫喰◆は**千代虫喰**◆とも書く。**こずえむしくい**◆、**うぐいすむしくい**◆とも呼ばれる。巣はツツドリの托卵先に狙われて、しばしば憂き目をみているが、当人は気づいていない模様。鳴き声は「焼酎一杯ぐいー」と聞きなしされ、心情吐露のようでおもしろい。低山帯に棲む。

メボソムシクイ　眼細虫喰 *yn*

眼細虫喰◆は**目細虫喰**◆とも書き、**眼細**◆、**目細**◆、**ぜにとり**、**やまうぐいす**、**やなぎめじろ**などの名前ももつ。鳴き声は、いたいけな姿に似合わず「銭取り、銭取り」と聞こえるというのが笑える。高山帯に棲む。

鶲《ひたき》

◎火焚鳥《ひたきどり》　火焼鳥《ひたきどり》　団子背負《だんごしょ》い　馬鹿《ばか》っちょ

行きずりの小松が中に鳴きうつる鶲
見いで、ひそかにあゆむ　木下利玄『紅玉』

ひるがへるより木がくれし鶲かな　鈴木花蓑

紫陽花を鳴らす鶲の時雨かな　渡辺水巴

日の暮に淋しき鳥よ火たき鳥　松瀬青々

山茶花や雀かと消え疾き鶲　長谷川零余子

良寛の手鞠の如く鶲来し　川端茅舎

紋付鳥《もんつきどり》

鶲来て色つくりたる枯木かな
鶲とんで色ひゞき逃げし枯木かな　原石鼎

いわゆる**鶲**◆として秋冬の情景の中に詠まれてきたのは**尉鶲**《じょうびたき》◆のこと。「尉」とは炭火が灰になったもので、その色から灰色の頭髪を連想し、老翁を意味するようになった言葉。ジョウビタキは、頭部からは翁《おきな》を、胸の燃えるような橙色からは焚き火を思い起こさせ、鮮やかに人の目をひきつけてきた。**上鶲**◆、**常鶲**◆と書くこともある。また、翼をひろげたとき白い斑が家紋のように見えるため、**紋付鳥**◆、**紋鶲**《もんびたき》◆とも呼ばれる。

ジョウビタキ以外のヒタキ類は、詩歌では夏の鳥とされることが多い。

閃々と鶲飛び来て神動き　川端茅舎

ジョウビタキ *gt*

ヒタキとはツグミ科とヒタキ科のうちでヒタキとつく鳥の総称。なかでもジョウビタキの「カッカッ」という鳴き声は、火打ち石を打つ音に似る。

ツグミ科

ノビタキ　野鶲 *gt*

野鶲◆には、**あっとりひたき**、**あとりひたき**、**こあがり**、**かやもず**、**よしくぐり**などの別名がある。

ルリビタキ　瑠璃鶲 *gt*

瑠璃鶲◆には、**雪鶲**◆（ゆきひたき）、**やぶちょう**の別名がある。次頁参照。

「鶲」と一口にいっても…

ヒタキ科

キビタキ　黄鶲 *yn*

種小名の narcissina（スイセンのような）という形容どおり、**黄鶲**◆の体色は花のよう。ツクツクボウシに似た節回しで、清らかな囀りを聞かせてくれる。

オジロビタキ　尾白鶲 *gt*

街中の公園や雑木林で、越冬する個体が見られることも。日本では珍しい鳥。

コサメビタキ　小鮫鶲 *yn*

小鮫鶲◆は**こあがり**とも呼ばれる。クモの糸とコケなどでお椀形の巣をつくる。

サメビタキ　鮫鶲 *gt*

鮫鶲◆は、**たかむしくい**、**めばち**ともいう。夏鳥として亜高山帯の林に渡来。

瑠璃《るり》

◎瑠璃鳥《るりちょう》　翠鳥《すいちょう》

瑠璃鳥

るりちょう／るり

松が枝にるりが竊《ひそか》に来て鳴くと庭しめやかに春雨《はるさめ》はふり　長塚節『長塚節歌集』

「瑠璃」とは青色の宝石のこと。エキゾチックな響きで、人の心をときめかす。ガラスの古名でもあるが、一群の鳥たちも伝統的に**瑠璃**◆あるいは**瑠璃鳥***二六頁◆と呼びならわされてきた。ヒタキ科の**大瑠璃**◆と、ツグミ科に属する**小瑠璃**◆、**瑠璃鶲**◆。時にはオオルリだけをさしたり、オオルリとコルリの二種をいう場合もある。

オオルリには**竹林鳥**《ちくりんちょう》、**翠雀**《すいじゃく》などの名もある。コルリのほうは**地這瑠璃**《ちはいるり》◆、**小翠雀**《こすいじゃく》とも。ちなみにコルリの種小名 cyane は、ギリシア神話で濃青の泉

名前にルリとつく鳥は日本に４種。オオルリとコルリは夏鳥、ルリビタキは留鳥。奄美大島だけに棲むルリカケスはカラスの仲間で瑠璃鳥には含まない。

瑠璃鳥の夢呼び過ぎし森かげや
しめり覚ゆるしろがねの笛
尾上柴舟『銀鈴』

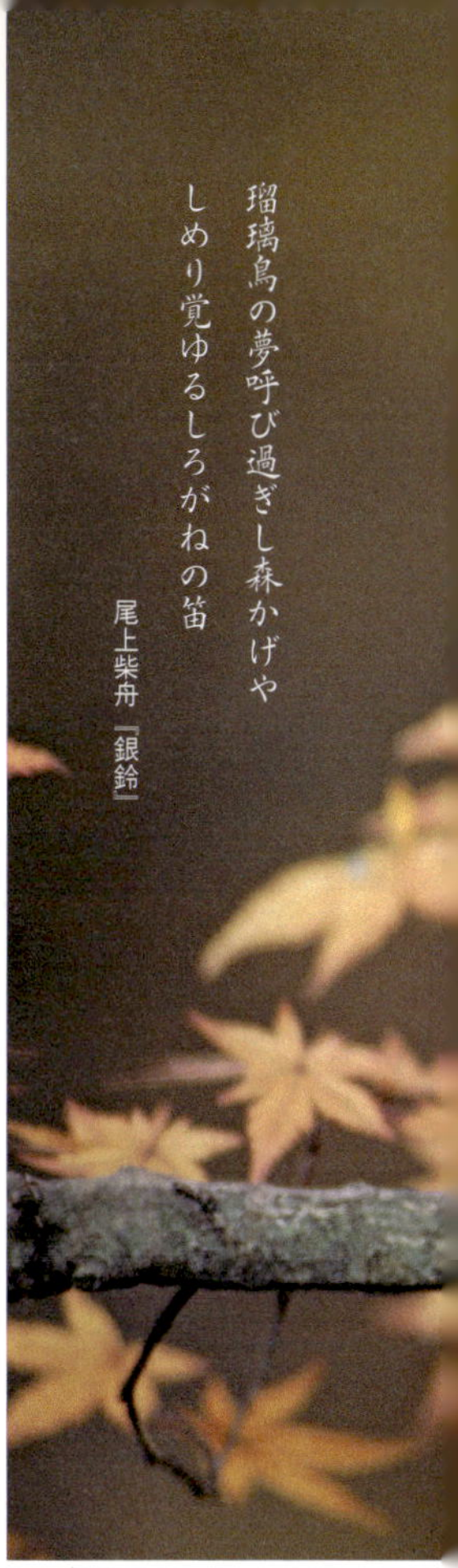
ルリビタキ *yn*

青雲に紛れて瑠璃の渡りけり　敲水
るり鳥はつたの果をくふ鳥ならめ　竹久夢二
瑠璃《るり》鳥去つて月の鏡のかゝりけり　原石鼎
瑠璃鳥の瑠璃隠れたる紅葉かな　原石鼎
沢を吹く歯朶の嵐に瑠璃鶲　山谷春潮

オオルリ *gt*

にかえられてしまったニンフ、キュアネの名から。澄んだ青緑色をシアンというが、同じ語源の言葉である。

コルリ *yn*

三光鳥

さんこうちょう

◎三光鳥《さんこうどり》　おながどり　烏鳳《うほう》

鳥のこゑききに、夜《よ》あけにいこよ。
ツキ　ヒ　ホシ　コヒシ。
サンクワウテウよ。
北原白秋「鳥のこゑ」

サンコウチョウ *yn*

月日星《つきひほし》

三光鳥鳴くよ梢《うれ》越す朝風に　伊東月草

梢で口笛を吹くように囀るのは**三光鳥**◆。その鳴き声を、**ツキ**《月》**・ヒ**《日》**・ホ**《星》**シ、ホイホイホイ**と聞いたのが名前の由来。似た鳴き方をするイカル＊一三九頁や、ときに飼い鶯の音も同じように聞きなして三光鳥と呼んだらしいが、本家のほうには透明感があり、木々のはざまからきれいな水がしたたり落ちるよう。

コバルトブルーに縫い取られたくちばしと目、すっきりと長くのびた尾——姿も斬新で、右に出る鳥がすぐには思いうかばないほど。

声と容姿に恵まれて完璧といいたいところだが、意外や掃除が苦手らしい。世の常、人の常、鳥の常か。

夏鳥として杉の木を含んだ雑木林に渡来する。体長は 45cm で、尾の長さだけで 30cm。林の中を蝶のように舞い、クモの糸と杉の皮で巣をつくる。

四十雀《しじゅうから》

あさまだき四十唐めぞたゝくなる冬籠りせる虫のすみかを　寂蓮『夫木和歌抄』

四十雀頬のおしろいのきはやかに時たま来り庭に遊べる　木下利玄『銀』

四十雀寄せ《しじゅうからよせ》

コンパクトにまとまってシックな鳥は**四十雀**◆。一年中身近にいるので、季節については諸説紛々だが、夏とする意見が多勢のようだ。畑の害虫を食べてくれる益鳥で、人間は大いに感謝しなければならない。千葉では、**四十雀を捕ると飯櫃《めしびつ》がしじゅう空になる**というそうである。

四十雀寄せは飛騨地方で行われていた鳥寄せ。冬の初め、雄のシジュウカラを一羽籠に入れ、桑畑のとある木にかけておく。その雄が気持ちよさそうに鳴くと仲間たちがたくさんやってきて、桑の木の虫を食べてくれたとか。川口孫治郎『続飛騨の鳥』に詳しい。

柊《ひいらぎ》は冬まつ花ぞ四十雀　浪花

柊の花のこぼれや四十雀　浪花

松がさのかさりと落ちぬ四十雀　村上鬼城

四十雀つれわたりつつなきにけり　原石鼎

はら〳〵と飛ぶや紅葉の四十雀　正岡子規

シジュウカラ gt

一年を通して雑木林などに棲み、庭先にも訪れる。春、「ツピーツピー」とよく通る声で囀り、巣箱や郵便ポストなどを利用して巣を構える。

シロハラゴジュウカラ（右）とハシブトガラ（左）*gt*

山雀《やまがら》の山を出でたる日和かな

藤野古白

ヤマガラ *gt*

むつかしやどれが四十雀五十から

小林一茶

四十雀五十雀よくシャベル哉《かな》

尾崎放哉

花曇小雀《こがら》の嘴の苔一片

島村元

松笠にしがみつきたる日雀《ひがら》かな

鳩鴿

ヒガラ *yn*

ハシブトガラ *gt*

眼白《めじろ》

◎目白《めじろ》　繍眼児《しゅうがんじ》

繍眼児《しゅうがんじ》

眼の輪張ってすぐに逃げたるめじろかな　原石鼎

眼白◆ほど、説明のいらない命名もない。白く際だつ目張りはまるで刺繍をほどこしたようで、**繍眼児**という工芸的な名もある。

夏は山ですごすが、冬になると群れはじめ、里に降りて木の枝などにぎっしり並んでとまったりする。これが正真正銘の**目白押し**。人や物事が密に続くことの表現に使うが、俗に「押しくらまんじゅう」と呼ばれる遊びのことをさす場合も。

昼月に眼の輪の数やめじろ押　原石鼎

鶯色をした鳥がこのメジロ。冬は街中にも棲み、木の実や柿をついばむ姿を見かける。庭にミカンやリンゴを出しておくとやってくる。

メジロ gt

北の風かすかに吹きて椿の葉枇杷《びわ》の
葉光り繍眼児《めじろ》よく啼く
若山牧水『山桜の歌』

誰やらが口まねすれば目白鳴く　正岡子規

南天の実をこぼしたる目白かな　正岡子規

冬桜めじろの群れて居たりけり　泉鏡花

菜畑の日和をわたる眼白かな　原石鼎

目白の巣我一人知る他に告げず　松本たかし

はなつゆ

梅に来し繍眼児《めじろ》椿をのぼり居り　原石鼎

メジロは、ツバキやウメの花の蜜が大好き。鶯色の顔を花粉で黄色くしながら夢中で吸う姿はいとけない。鹿児島地方では、**はなすい**、**はなつゆ**などとかわいく呼ばれる。サクラやビワの花蜜も好物らしい。

囀りもまた独特。澄んだ声で、チーチュルチーチュル……と複雑に鳴き交わし、**長兵衛忠兵衛長忠兵衛**《ちょうべえちゅうべえちょうちゅうべえ》とか、**千代田**《ちよだ》**の城**《しろ》**は千代八千代**《ちよやちよ》などとおもしろく聞きなされる。

嘴深く熟柿吸うたる眼白かな　原石鼎

頰白《ほおじろ》

茨の実にさかしまにゐる頰白かな　村上鬼城

頰白来しが跡もとゞめず雪の暮　渡辺水巴

頰白やひとこぼれして散り散りに　川端茅舎

頰白のうたこぼれくる春の空　伊東月草

ホオジロ *yn*

◎黄道眉《ほおじろ》　画眉《がび》　画眉鳥《がびちょう》

片鈴《かたすず》

高槻《たかつき》のこずゑにありて頰白のさへづる春となりにけるかも　島木赤彦『太虚集』

頰白◆も、見てのとおりの姿から、その名前がついた。顔の白い部分を眉と見て、**画眉**◆、**画眉鳥**◆の名もあるが、中国の画眉鳥は異なる種とか。

鳴き声は澄んで、「知里里《チリリ》」のものを**片鈴**、「知里里古呂呂知里里《チリリコロロチリリ》」と重ね鳴きするものを**諸鈴《もろすず》**といって珍重したと物の本にある。俗に**鈴こかし**という名もあるほど。**一筆啓上仕候《いっぴつけいじょうつかまつりそうろう》**、**源平《げんぺい》つつじ白つつじ**、**ちんちろ弁慶《べんけい》も**っ**てこい**などと、聞きなしはじつにユーモラス。

頰白やそら解けしたる桑の枝　村上鬼城

一年を通して河川敷や農耕地、雑木林などで見られ、見通しのよい場所で囀るので姿は見つけやすい。頰の白いシジュウカラと混同されている。

シマアオジ gt

ホオアカ yn

鵐《しとど》

あをじ去り頬白来り雪催ひ　島村元

ホオジロは古名をしととといい、のちに鵐となった。意味は巫鳥《みこどり》。これは、**頬赤**《ほおあか》◆、**蒿雀**《あおじ》◆（**青鵐**《あおじ》◆）、**黒鵐**《くろじ》など、ホオジロ科の鳥たちを総称する名でもあり、それぞれは、**赤鵐**《あかしとど》◆、**青**《あお》**鵐**《しとど》◆、**黒鵐**《くろしとど》とも呼ばれていた。

初しぐれ山田の鵐ふくれゐる　松瀬青々

人とはぬ冬の山路の寂しさよ垣根の
そばにしとゞおりゐて
藤原定家『夫木和歌抄』

いつしかと蒿雀《あおじ》が来鳴く梅の木の骨
あらはれて秋くれんとす　伊藤左千夫

獦子鳥《あとり》

国巡《めぐ》る獦子鳥《あとり》かまけり行き廻《めぐ》り帰り
来《く》までに斎《いわ》ひて待たね

刑部虫麻呂『万葉集』

アトリ *gt*

◎花鶏《あとり》　あっとり

花鶏の火にくばったよう《あっとりのひにくばったよう》

「臘子鳥《あとり》、天《あめ》を弊《おお》ひて、西南より東北に飛ぶ」——『日本書紀』に見える記述である。これは天武天皇七年十二月のことであったが、二年後の十一月には東南から西北の方向に飛んだとある。国家の一大事として記録に残るほどであるから、相当の数だったのだろう。「あとり」とは、大群をなす鳥のことで、これが**獦子鳥**◆という名の由来である。

花鶏◆と書くこともあり、**花鶏の火にくばったよう**とは、アトリが火の中に落ちたときのような騒ぎという意味から、慌ててばたばたすること。

斯くも来て斯くもとらるゝ獦子鳥《あとり》かな

松瀬青々

冬鳥として山地の林に渡来するが、時に農耕地で数千羽という大群を見かけることもある。群れで生活し、木の実や草の種子を主食にしている。

猿子鳥《ましこ》

時雨こし梢の色を思へとや枝にもきゐるてりましこかな
寂蓮『夫木和歌抄』

山ぶしの袈裟の名におふましこ鳥秋やかけ出の峯わたるらん
石田未得『吾吟我集』

ベニマシコ *yn*

◎猿子《ましこ》　増子《ましこ》　猿子鳥《ましこどり》　増子鳥《ましこどり》

照猿子鳥《てりましこ》

同じくアトリ科の**紅猿子鳥**《べにましこ》◆と**大猿子鳥**《おおましこ》◆は、鎌倉時代から区別されずに**猿子**◆あるいは**猿子鳥**◆と呼ばれてきた。ヒュウヒュウという鳴き声がサルのように騒々しいことと、雄の体色がサルの顔の色を思い出させることからの命名らしい。このように赤い色をした雄を**照猿子鳥**という。

仲間には、やや茶っぽい**萩猿子鳥**《はぎましこ》◆（**萩鳥**《はぎどり》、**萩雀**《はぎすずめ》とも）と、**銀山猿子鳥**《ぎんざんましこ》◆がいて、すべて秋の鳥とされる。

名前にマシコとつく鳥は日本で６種が確認され、１種は絶滅。主に冬鳥として渡来するが、ベニマシコとギンザンマシコは北海道で繁殖している。

鶸

ひわ

さま〴〵の鳥おもしろき夕花にまたくはゝりぬひわの一むら　大隈言道『草径集』

鶸鳴いて六月さむき野のくもり　伊東月草

高土手に鶸の鳴《なく》日や雲ちぎれ　浜田洒堂

飛びかはす鶸よ鶲《ひたき》よ雪の藪　泉鏡花

居《お》りよさに河原鶸来る小菜畠《こなばたけ》　各務支考

水あみてひら〳〵あがる川原鶸　村上鬼城

声せずと色こくなると思はまし柳の芽はむひわのむら鳥　西行『山家集』

◎金雀《きんじゃく》　金翅《きんし》〔糸〕雀《じゃく》　＊漢名の鶸はニワトリの一品種、唐丸《とうまる》のこと。

マヒワ *gt*

鶸色

ひわいろ

目白にもをされぬ鶸の羽色《はいろ》哉《かな》　松江重頼

アトリ科の鳥のうち**真鶸**《まひわ》◆、**紅鶸**《べにひわ》◆、**河原鶸**《かわらひわ》◆を総称して**鶸**◆というが、マヒワだけをさす場合もある。いわゆる**鶸色**とは雄のマヒワの胸のあたり、すなわち黄みの勝った萌葱色《もえぎいろ》のこと。**額**《ぬか》、**額鳥**《ぬかどり》の異名をもつベニヒワのほうは、頭が血のように赤く、雄は胸のあたりも紅《くれない》に染まる。この雄のベニヒワを**照額**《てりぬか》と呼ぶ。**鶸胡桃**《くるみ》**を抱**《かか》**う**とは、小さなヒワが堅いクルミを抱いていても、ついばむこともできず何の役にも立たないというたとえ。この鳥のしおらしく弱々しい印象から、きゃしゃな様を**ひわやか**といい、**微小**《ひわやか》、**繊弱**《ひわやか》などと記す。

名前にヒワとつく鳥は日本では４種が確認されている。カワラヒワは身近に年中見られ、他は主に冬鳥として渡来。木の実や草の種子を食べる。

交喙鳥《いすか》

わが中は離れもやらずあひもせで
いすかのはしのねをのみぞなく

石田未得『吾吟我集』

何せんにいすかの嘴は与へける
松瀬青々

イスカ *yn*

◎鶍《いすか》　交喙《いすか》　交喙鳥《いすかどり》　交嘴鳥《いすかどり》　なきいすか

交喙鳥の嘴《いすかのはし》

「いすかし（ねじけていること）」という言葉が名前になった**交喙鳥**◆は、上下のくちばしが交差して噛みあわない。じつはこれ、好物の松ぼっくりをこじあけて種をついばむには最適なのである。自然の造形には必ず理由があり、一分《ぶ》の無駄もない。

しかし、人間はつい自分流の解釈を急ぐ。**交喙鳥の嘴の食い違い**とは、物事が食い違って思いどおりにならないこと。単に**交喙鳥の嘴**とも。

イギリスに伝わる中世の物語。キリストが磔《はりつけ》になったとき、くちばしで釘を抜こうとしたのがイスカだったという。あの形はその褒美として与えられた名誉の証し……とか。

アトリ科の鳥の一つで、松林に棲む。主に冬鳥として渡ってくるが、中部や北日本では繁殖も確認されている。雄は赤く、雌は緑色。

鷽《うそ》

桃ぞのの花にまがへるてりうそのむれ立つ折はちるここちする　西行『山家集』

鶯も鳴かず山鳩も来ず　訪る花食鳥は〈うそ〉といふ名　齋藤史『風翩翻』

鷽の声きヽそめてより山路《やまじ》かな　浜式之

鷽鳴くや八角堂の朝ぼらけ　松木淡々

照雨《てり》や滝をめぐれば鷽の啼《なく》　加舎白雄

春の門鷽鳴やんで夜と成ぬ　松瀬青々

空に鳴く音《ね》は皆鷽鳥《みなうそどり》よ、閨《ねや》の内《うち》こそ郭公《ほととぎす》　薩摩節『松の葉』

ウソ *gt*

◎鷽鳥《うそどり》　嘯鳥《うそどり》　鷽姫《うそひめ》　照降鳥《てりふどり／てりふりどり》　琴弾鳥《ことひきどり／ことひくとり》

＊漢名の鷽はオナガやサンジャクのこと。

鷽の琴《うそのこと》

口笛を吹くことを「嘯《うそぶ》く」といい、**鷽**◆の鳴き声はそれに似ていたため**嘯鳥**◆と呼ばれた。のちに現在の漢字に。太宰府天満宮や亀戸天神の**鷽替《うそか》え**◆は、新春の神事として知られる。

雄は頸のあたりがきれいな桃色で、**照鷽《てりうそ》**◆、**晴鷽《はれうそ》**◆と呼ばれる。雌のほうは、**雨鷽《あまうそ／あめうそ》**◆、**黒鷽《くろうそ》**◆という名のとおり地味な色目。雌雄あわせて**照降鳥**。モモの開花と争うように現れてその羽色を見せるので、**桃鳥《ももどり》**の名もある。

姿と声のよさから**鷽姫**◆などと愛され、**琴弾鳥**◆、**鷽の琴**◆は鳴きながら琴を弾くように足を動かすという逸話によるが、これは嘘。フクロウが恋をして鷽姫に文《ふみ》を寄せたという、粋な日本の昔話もある。

亜高山帯で繁殖し、冬は里に降りてくるが、冬鳥として北の国から渡ってくるものもいる。花芽を好み、桜の花芽を食べる鳥として有名。

斑鳩
いかる

◎鵤《いかる》　桑扈《いかる》　桑鳲《いかる》　斑鳩《いかるが》　豆回し《まめまわし》　豆鳥《まめどり》　豆甘美《まめうまし》　臘嘴《ろうし》　三光鳥《さんこうちょう》　＊漢名の斑鳩はジュズカケバト。

春の日の長閑にかすむ山里にものあはれなるいかるがの声　寂蓮『夫木和歌抄』

移り来て夕《ゆうべ》さびしみ膝行《いざり》いづるはしゐにきけば斑鳩《いかるが》のこゑ　岡麓『涌井』

豆粟に来ていかるがや隣畑　松瀬青々

イカル *gt*

豆回し
まめまわし

「宮の前に二つの樹木あり、この二つの樹に斑鳩《いかるが》と比米《ひめ》と二つの鳥大《いた》く集まれりき。時に勅して多く稲穂をかけて養ひたまふ」『万葉集』

ここに記されているのは**斑鳩**◆と**鴲**《しめ》◆である。アトリ科の鳥で、ともに太いくちばしで、実を割って食べる。

とくにイカルのほうは、見るからにいかつい首。その筋肉で堅い殻におおわれた実を難なく噛み砕く。**豆回し**◆、**豆鳥**、**まめくち**、**まめたたき**など、豆にまつわる異名が多いのはそのせい。

学名にEophona《暁の声》とあるとおり高い鳴き声はよく澄み、サンコウチョウ＊一二六頁と同様**ツキ**《月》・**ヒ**《日》・**ホシ**《星》と聞こえるので、**三光鳥**の異名もある。しかし、**ホイホイホイ**がなく少し間延びした感じ。

一年中山林に棲み、冬は暖地や平地へ移動するものも。「キーコーキー」と囀り、飛行時は「キョッキョッ」と鳴く。シメは主に冬鳥として渡来。

雀《すずめ》

よく晴れていて
そのうへ雀がチユッチユッとないてゐると
もうなんとも云へずうれしい

八木重吉「冬」

◎雀《すずみ》

ニュウナイスズメ *gt*

元日や晴《はれ》てすゞめのものがたり　服部嵐雪

初雀翅ひろげて降りにけり　村上鬼城

枯枝に足ふみかへぬ寒雀《かんすずめ》　村上鬼城

寒雀身を細うして闘へり　前田普羅

朝茶のむうちは居よかし冬雀　岩間乙二

とび下りて弾みやまずよ寒雀　川端茅舎

寒雀遠くは飛ばぬ日向かな　日野草城

雪折れや逃げまどひ飛ぶ村雀　村上鬼城

人が住んでいない山地や林には姿が見られず、人が住むようになるといつの間にか姿を現す、最も身近な野鳥。にもかかわらず警戒心が強い鳥。

薔薇色の黎明
ほのぼのと
どこかで雀が鳴いてゐる
寂しさうに鳴いてゐる
而も何となく
力強く
山村暮鳥「太陽の詩」より

目の前の日なたの地に来て砂あびる
思へば雀も可愛き小鳥　木下利玄『銀』

春山や空寺喧雀暮れかねて　大須賀乙字
子雀の声切々と日は昏し　臼田亜浪
気配りの親と知らる、雀かな　井上井月

スズメ *gt*

雀隠れ《すずめがくれ》

うれしさのそれだけを春の朝雀　河東碧梧桐

冬も春も、**雀**がチュンチュン鳴く朝はなぜこんなに幸せなのだろう。微睡《まどろみ》の中で、平凡であることの恵みを知るからか。もし**朝雀**をうるさいと思う日がきたら、生活を見直す時だろう。

一年中親しい鳥だが、とりわけ春の**恋雀**《こいすずめ》◆ははつらつと元気。**雀交る**《すずめさかる》◆季《と》節《き》をへて、まあるくふくらんだ**孕**《はら》**み雀**◆がやがて次代を産み、巣は**雀子**《すずめご／すずめこ》◆でいっぱいになる。植物も負けてはいない。スズメの体が隠れるほどに草や葉がのびることを**雀隠れ**◆という。

雀のあたたかさを握るはなしてやる　尾崎放哉

スズメ *gt*

夕立や草葉《くさば》を掴む村雀　与謝蕪村

秋雨のあとにいさまし雀の子　河東碧梧桐

雀色時《すずめいろどき》

鳥には鳥の事情があり、彼らの世界もまた複雑。スズメの群れが二手に分かれて、騒ぎたてていることがある。人呼んで**雀合戦《すずめがっせん》**。理由はもちろん勢力争い。そうかと思えば天敵にも狙われる。**鷹の前の雀**は逃げることもできず、手も足も出ない状態。

反対に地べたを跳ね歩きしているスズメは歓びにあふれて見える。その様に見立てて、躍り上がって喜ぶことを**雀の小躍《こおど》り**、**雀躍《こおど》り**という。

一日《ひとひ》が終わる。夕焼けが鎮まり、最後に残った空の赤さが夜の暮れ色にとけこんでスズメの羽色となるころ、活動を止めた鳥たちも夕闇にまぎれる。その黄昏《たそがれ》の刻を**雀色時**と表現する。**雀色**、**雀時**といっても同じ。

曇り日の儘《まま》に暮れ雀等も暮れる　尾崎放哉

稲雀茶の木畠《ばたけ》や逃げ処《どころ》　松尾芭蕉
夕栄に起ちさゞめけり稲雀　日野草城
大風に吹廻されぬ稲雀　村上鬼城

スズメ yn

稲雀《いなすずめ》

初風や道の雀も群に入り　佐野良太

一陣の風で季節がかわる。夏の風景の中に確かな秋の気配。スズメたちは大きな集団の群雀《むらすずめ／むれすずめ》となり、追われても追われても稔りの田圃《たんぼ》に集結する。これが**稲雀**◆、**秋雀**《あきすずめ》◆。その中に頰に黒斑のないのがまじっていたら、それは**かしら赤き雀**の異名をもつ**入内雀**《にゅうないすずめ》◆。秋色に季節をいろどる主役となる。**雀の千声**《ちごえ／せんこえ》は愚かな群衆があげる多言。「鶴の一声」*六二頁との対比で使われる。

やがて北風が吹き大地が霜で化粧を始めると、全身の羽毛をふくらませて寒気に耐える。**寒雀**《かんすずめ》◆、**冬雀**◆、**凍え雀**《こご》◆、**ふくら雀**◆。

雀一羽に落葉の風の見ゆるかな　島田青峰

土くれのやうに雀居り青草も無し　尾崎放哉

　◆新年　◆春　◆夏　◆秋　◆冬

椋鳥

むくどり

むれて来て栗も榎《えのき》もむくの声　服部沾圃
遁《のがれ》とぶ鶁《むく》一群や森の月　黒柳召波
椋鳥の我を呼ぶなりむら時雨　小林一茶

夕せまるこゝろに椋鳥《むく》の群れ渡る
椋鳥の大群黙す樹上かな
鶁《むく》のぬくみのこりてや月の照る枯木
原石鼎

◎椋鳥《むく》　椋《むく》　白頭翁《はくとうおう》

ムクドリ *yn*

桜鳥の毛ほろき

さくらどりのけほろき

秋、雪を嫌う**椋鳥**◆が群れて、北海道や東北から渡ってくる。その季節移動になぞらえて、冬場に北から南へと出稼ぎに出る人を「椋鳥」といった。のちには、都に上ってくる田舎者をあざけってそう呼んだ。

椋鳥《むくどり》と人に呼《よば》る、さむさ哉《かな》　小林一茶

その名は、ムクの木の実を好んで食べるのでついた。センダンの実も好物。さらにサクランボに目がなく、方言では**桜鳥**とも呼ばれる。青森では、陰暦三月末に急に寒さがぶり返して降る雪のことを**桜鳥の毛ほろき**という。そのころに南から帰ってくるムクドリの羽毛を散らすという意味。「雁の目隠し」＊五三頁とセットで使われる。

むく鳥のむれて鳴き居るむくえの樹
冬の日こもり村しづかなり　幸田露伴

一年を通して全国の街中で普通に見られる鳥。南西諸島では冬鳥。河川敷やゴルフ場など開けた環境を好み、ヨチヨチと歩きながら捕食する。

鳩《はと》

◎鴿《はと》

炒豆《いりまめ》に鳩をなつけん雪の上　一秀

鳩の巣のあらはなるよりしぐれそめ　加藤暁台

長閑さや山の端を押廻す千羽鳩　村上鬼城

鳩のうたうたひ居り陽はまんまろ　尾崎放哉

雨蕭条山鳩来たる鳴子かな　島村元

花の雲鳩は五色に舞ひあそぶ　川端茅舎

山鳩は羽《はね》ふるひをり鴨脚樹《いちょう》の芽かろ
うぬれたるこの春の雨　九條武子『薫染』

キジバト *gt*

鳩に三枝の礼あり《はとにさんしのれいあり》

鳩吹やほろ〳〵桜落葉中　原月舟

クゥクルクゥクルと含み鳴く**鳩**の声は、どこか寂しげで人なつかしい。古くは**山鳩**《やまばと》と**家鳩**《いえばと》とに区別されていた。前者はおもに**雉鳩**《きじばと》のこと。この種は体内で**ピジョンミルク**をつくり、一年中ひなに飲ませることができる。喉にある嗉嚢《そのう》がその役を担う。広義の「山鳩」には**青鳩**《あおばと》◆も含まれる。こちらは海水を飲む習性があり、**尺八鳩**《しゃくはちばと》の異名も。**鳩吹く**◆は両掌を合わせて息を吹きこみ山鳩の鳴き声をまねること。

ハトは親鳥を敬って三枝下にとまるとか。**鳩に三枝の礼あり**は礼儀の大切さを説くたとえ。**鳩の豆使い**は道草を食って帰るのを忘れること。好物の豆を見て使命を忘れた記紀神話による。

むつかしき鳩の礼儀やかんこどり　与謝蕪村

日本には10種類が確認されており、駅や神社などにいるのは伝書鳩が野生化したもの。キジバトは街中や山地に棲み、「デデッポッポー」と鳴く。

第4章

高鳥かける

悠久の大空――疾《と》く猛く天界を奔《はし》る猛禽のくに

クマタカ yn

懸巣《かけす》

かけす　が
とんだ、
わりに
ちひさな　もんだ
かけすは
くぬ木《ぎ》ばやしが　すきなのか、な

八木重吉「かけす」

◎掛子《かけす》　懸巣鳥《かけす／かけすどり》　樫鳥《かしどり》　橿鳥《かしどり》　宿貸鳥《やどかしどり》　瑤禽《ようきん》

カケス *Takuya Kanouchi*

橿鳥縅《かしどりおどし》

樫鳥のつばさ美し庭さきの青樫のあひをしばしばも飛ぶ　若山牧水『くろ土』

樫鳥◆とは**懸巣**◆のこと。カシの木の実（いわゆるドングリの一つ）を好むので、古くはこの名で呼ばれた。

しかし、それ以上に印象的な特徴は、その雨覆羽に走る青と黒と白、さらには腰の白、頭部の黒、ぶどう色の体。鎧《よろい》の縅《おどし》（札《さね》を糸や細い革ひもで綴じたもの。肩や胴体を包んだ）に**橿鳥縅**という色目があるとか。黒白藍の三段模様という話なので、カケスの羽色をとりいれたものだろう。

まふ時の羽根うつくしく樫鳥は遊びほけたり芽ぶく木の間に

若山牧水『黒松』

一年を通して山地の林に棲むが、春や秋には渡りをする少数の群れが見られる。ドングリを好み、秋にはそれらを地面に隠す貯食行動が見られる。

ミヤマカケス gt

をりからやまひたつ落葉樫鳥をなか
につつみてまひくるふあはれ　若山牧水『黒松』

山路わけ花をたづねて日は暮れぬ宿
かし鳥の声もかすみて　西行『山家集』

かし鳥の来鳴くといふはここにゐて
今日もわがきく懸巣のことか　岡麓『涌井』

かけす鳴《なか》ば山越す頃とおもはれよ　岩間乙二

懸巣鳴いて榎の花をこぼしけり　大谷句佛

ジェイ・ウォーカー

Jay-walker

かし鳥や声色つかふ花の宴　溝口素丸

羽色はおしゃれだが、カケスの声は残念ながらだみ声。カラス科の鳥の宿命か、ギャーともジェイッとも聞こえる濁った声でかしましく鳴く。英名も**Jay**という。その声で、ほかの鳥や動物の鳴き声、果ては人間の話し声までよくまねる。繁殖期にはよその鳥の巣に侵入し、卵やひなを失敬。

こんなギャングなのに、飛ぶのはのろのろと不甲斐ない。地面を斜めに飛び跳ねたりするので、交通規則を無視して道路を横切る人を、アメリカでは**Jay-walker**と呼ぶそうな。日本の歌人は思わず**鈍鳥**《のろどり》と詠んだ。

啼く声の鋭《する》どかれども鈍鳥の樫鳥と
べり秋の日向《ひなた》に　若山牧水『溪谷集』

鵲

かささぎ

◎鵲《かち》　勝烏《かちがらす》　朝鮮烏《ちょうせんがらす》　高麗烏《こうらいがらす》　唐烏《とうがらす》　筑後烏《ちくごがらす》　肥前烏《ひぜんがらす》　肥後烏《ひごがらす》　烏鵲《うじゃく》　喜鵲《きじゃく》　鵲《さく／しゃく》

鵲の雲の梯

かささぎのくものかけはし

鵲の雲のかけはし秋暮れて夜半には霜や冴えわたるらむ　寂蓮『新古今和歌集』

カラス科の中でロマンチックな伝説にいろどられるのは**鵲**◆。陰暦七月七日の星合《ほしあい》の宵、天の川では幾羽ものカササギが翼を連ね、牽牛と織女のために橋をかけるという。**鵲の橋**◆、**烏鵲《うじゃく》の橋**◆、歌語では**鵲の雲の梯**、**鵲の行《ゆき》合《あい》の橋**、**鵲の寄羽《よりは》の橋**、**鵲の渡せる橋**などと、さまざまに用いられた。**行合の橋**◆、**寄羽の橋**◆も秋の季語になる。また、**吉兆の鳥**とされ、**鵲喜《じゃっき》**（カササギが騒ぐこと）は果報の前ぶれ。**鵲音《じゃくおん》**はうれしい手紙のこと。

彦星の行きあひを待つかささぎのわたせる橋をわれにかさなむ
菅原道真『新古今和歌集』

日本では佐賀平野を中心にかぎられた場所だけで見られる。「カシャカシャ」と鳴くので勝烏といわれ、豊臣秀吉が朝鮮から持ち帰ったとされる。

カササギ yn

しら樺の折木《おれき》を秋の雨打てば山どよみしてかささぎの鳴く　与謝野晶子『舞姫』

鵲の橋の下から来る風か　谷木因
鵲の橋や銀河のよこ曇り　小西来山
鵲のはね橋ならむ天の川　越智越人
鵲の丸太の先にあまの川　宝井其角
鵲の橋よりこぼす霰《あられ》かな　示蜂
橋もなし鵲飛んでしまひけり　正岡子規
鵲の橋は石にも成りぬべし　松瀬青々

鳥と化す鏡《とりとかすかがみ》

その昔、離れて暮らすことになった夫婦は、かわらぬ愛を誓い、鏡を二つに割って一片ずつ所有した。ところが、妻のほうに新しい恋が始まる。すると妻の鏡はカササギになって飛び立ち、夫に異変を知らせたという。中国に伝わる**鳥と化す鏡**の故事である。この話から、夫婦が離縁することを破鏡というようになり、鏡面の背にカササギの文様を鋳付ける**鵲鏡**《じゃっきょう》の習慣が生まれた。

カササギは大風が吹く年にはそのことを本能的に予知し、いつもより低い枝に巣をかけるとか。その結果、卵やひなを人間に捕られてしまう。先のことを心配するあまり近くに迫る災難に気づかないことを、**烏鵲《うじゃく》の智《ち》**という。

月天心又鵲の渡りけり　村上霽月

烏

からす

山には黒装束の者がゐて
いつも寒い風を呼んでゐた
山には振り向かない頰の者がをり
いつも夕焼に涙を垂《た》らしてゐた

丸山薫「鴉」

ハシボソガラス gt

◎鴉《からす》　大軽率鳥《おおおそどり》　ひもす鳥《どり》　かしまし鳥《どり》
烏鵲《うじゃく》　烏鴉《うあ》　慈烏《じう》　慈鳥《じちょう》　孝鳥《こうちょう》

ほの〴〵と鴉くろむや窓の春　志太野坡
春の雪今朝の烏へ美しき　井上井月
子鴉や前のめりして枝を得し　島村元
行春や海を見て居る鴉の子　有井諸九
啼いて鴉の、飛んで鴉の、おちつくところがない　種田山頭火
行秋や誰が身の上の鴉鳴　小栗風葉
時雨るゝや空の青さをとぶ鴉　原石鼎
夕烏一羽おくれてしぐれけり　正岡子規
烏飛んで夕日に動く冬木かな　夏目漱石
雪空一羽の烏となりて暮れる　尾崎放哉
寒烏戦飽きて啞々と鳴く　村上鬼城

日本では、いわゆる黒いカラスはハシブトガラスとハシボソガラスが普通に見られ、冬鳥として３種、稀な渡り鳥として２種が確認されている。

烏鳥の私情

うちょうのしじょう

烏は昔から、聖俗さまざまな役割をあてがわれてきた。古代中国の伝説では太陽の象徴。そこには三本足の烏が棲むとされ、月の兎とあわせて**金烏玉兎**《きんうぎょくと》*一七四頁、**烏兎**《うと》といわれた。日と月で歳月、**烏兎匆匆**《うとそうそう》は月日があわただしくすぎることである。日本神話では熊野三山に御先神《みさきがみ》としての烏信仰があり、神武天皇の東征のさい**八咫烏**《やたがらす》が大和入りの先導をした。彼地のカラスは、今でも**熊野烏**《くまのがらす》、**那智烏**《なちがらす》と神聖視されている。

また、**烏に反哺**《はんぽ》**の孝あり**とは、成長した子ガラスが親に口移しで餌を与えて恩に報いるということわざ。晋の李密は、育ててくれた高齢の祖母のために任官を辞退したが、その陳情書に使われた言葉が**烏鳥の私情**。孝養を尽くしたい気持ちを謙虚にいう。

ハシボソガラス *gt*

ミヤマガラス *yn*

月夜烏

つきよがらす

飛《とび》のいて烏笑ふや雪礫《つぶて》　小林一茶

身近に出没するカラスは、人にちょっかいを出したりもする。悔しがった人間は**大軽率鳥**《おおおそどり》と名づけ、当てにならないことを**烏が浮き雲をつかむ**などと陰口をたたく。**烏の雲だめ**は、余った餌を埋めておく習性のあるカラスが、雲を目印にして隠し場所がわからなくなってしまう粗相を笑う。**烏の請合い**は頼まれたことをすぐに忘れること。

夜のカラスはなお厄介。月明かりに浮かれて巣の外で騒ぐカラスを**月夜烏**、**浮かれ烏**などと呼び、夜に出歩く遊び人のことをいう。**烏合の衆**は集まって騒ぎたてるだけで策のない人々。**烏集**《うしゅう》**の交**《まじ》**わり**もまた同じ。

ほとゝぎす月夜烏の跡や先　里東

秋はもの、月夜烏はいつも鳴く　上島鬼貫

雉《きじ》

父母《ちちはは》のしきりに恋し雉子の声　松尾芭蕉
あけぼのや桜をふるふ雉子の声　大島蓼太
一星《ひとつぼし》見つけたやうにきじの鳴《なく》　小林一茶
雉鳴くや雲裂けて山あらはるゝ　正岡子規
雉の尾のやさしくさはる菫哉《かな》　秋色
雉子の尾に足をひかるゝ春辺かな　夏目成美
山吹の雨ふるひ立つ雉子かな　菅原師竹
松浅き砂に身をする雉子かな　大須賀乙字

◎雉子《きじ》　きぎし　きぎす　さ野《の》つ鳥《どり》　御幸鳥《みゆきどり》　菅根鳥《すがねどり》　妻恋鳥《つまこいどり》　野鶏《やけい》　華虫《かちゅう》

キジ *yn*

雉の草隠れ《きじのくさがくれ》

子をおもふきじは涙のほろゝ哉　松永貞徳

巣のある野を焼かれると、キジは己を顧みず子のもとに走るとか。**焼野《やけの》の雉《きぎす》**◆は「夜の鶴」*六三頁と並び称されて、子を思う親の深い情愛のたとえとなる。

早春に雄が雌を呼ぶケーンケーンという鋭い**雉子の声**◆は切なげ。**雉《きぎし》の妻《つま》恋《ご》い**。番《つがい》は互いを思いつつ寝ると言い伝えられ、**思《おも》い寝雉《ねきじ》**などという。

キジは尾が長いので、身を潜めたつもりでも頭隠して尻隠さずになりかねない。そんなシーンが**雉の草隠れ**、**雉の浅知恵《あさぢえ》**。

山が焼けるぞ立たぬか雉子《きじ》よ　これが立たりょか子を置いて　『山家鳥虫歌』

河川敷や農耕地、雑木林などで見られる日本の国鳥。一夫多妻で抱卵子育ては雌の役目。雄は丘で鳴いたりホロ打ちをしたりして縄張りを見張る。

キジ yn

雉のほろろ《きじのほろろ》

昼比《ごろ》やほろ〳〵雉の里歩き　小林一茶

野に棲む鳥の意で**さ野《の》つ鳥《どり》**、**野《の》つ鳥《とり》**を枕詞にもつ**雉**◆は、古くは**きぎす**◆、**きぎし**◆の名で知られた。繁殖期の雄は翼を打って大きな羽音をたてる。これが**ほろろ打つ**[*一五頁]、**雉のほろろ**◆。**ほろろ**、**ほろほろ**は鳴き声の形容としても用いられる。

記紀神話が記す天《あま》つ神《かみ》の国土平定話にも、キジが登場する。旅立ったまま戻らない天若日子《あめわかひこ》の消息を尋ねる使者として天から降されるのだが、当の天若日子の矢に射殺《いころ》されてしまう。この話により、行ったきり帰ってこない使いのことを**雉《きぎし》の頓使《ひたづか》い**という。

ほろ〳〵とあさ露はらふきぎす哉　肖柏

山鳥《やまどり》

山鳥のほろ〱となく音きけば父かとぞ思ふ母かとぞ思ふ
行基『夫木和歌抄』

あしひきの山鳥の尾の垂《しだ》り尾のながながし夜をひとりかも寝む
柿本人麻呂『万葉集』

夏の夜は山鳥の首に明《あけ》にけり　池西言水
山鳥よ我もかも寝ん宵まどひ　松尾芭蕉
山鳥の樵夫《きこり》を化《ばか》す雪間哉《かな》　各務支考
山鳥のたちとゞろかす余寒かな　吉田冬葉
雪はあれど山鳥の立つ朧かな　大須賀乙字
山鳥の雌《め》雄《お》来て遊ぶ谷の坊　泉鏡花

◎ひとりぬる鳥《とり》　遠山鳥《とおやまどり》　山鶏《さんけい》

山鳥の心地《やまどりのここち》

一夫一妻の**山鳥**◆は、古くから情に篤い鳥と思われてきた。万葉人たちは飛ぶ雄を見ては「あれは雌に会いに行くのだ」と語りあい、平安時代には**山鳥の独寝《ひとりね》**という伝説に発展した。昼は一緒にいる番《つがい》が、夜になると峰をへだてて別れ寝る、と。ここから、ひとり寝のことを**山鳥寝《やまどりね》**という。

通い婚の時代、己《おの》が身をヤマドリと思えばなお切ない。会えない人を恋い慕いながら、眠れぬままにすぎていく寂しい夜……そんな心情をたとえて**山鳥の心地**という。長い長い時間、ひとり悶々として待ちわびる沓《くつ》の音。さぞ疲れる夜々であったろう。

ひとり寝《ぬ》る山鳥の尾のしだり尾に霜おきまよふ床の月かげ
藤原定家『新古今和歌集』

◆北海道と南西諸島を除く山地に棲むキジの仲間で、日本の固有種。キジと同じく狩猟鳥とされ、警戒心が強く出会うのが難しい鳥の一つ。

夕ぐれの小霧《さぎり》のまぎれ、
やま鳥はけはひ静かに
野がへりの巽おろしぬ、
やまの井の井手の禿木《おだまき》。

水の面のますみの色に、
やま鳥のをろの鏡や、
くづをれし女の胸に、
そのかみの夢のただよひ。

薄田泣菫「をろの鏡」より

ヤマドリ *yn*

山鳥の水鏡《やまどりのみずかがみ》

自らの姿形をそっと水面に映し見ることを**山鳥の水鏡**という。

尾《お》ろのはつ尾《お》に鏡かけは中国の故事。飼っていたヤマドリが鳴かないので、尾に鏡をかけてみたところ、映った自分の影を友と思って鳴いたとか。以後、**山鳥鏡に向かいて鳴く**は、友を慕う心を表すようになった。

光沢のある雄の尾羽は鏡のように艶やかで、そこに谷をへだてて立つ雌の姿が映るとか。なんともゆかしい空想だが、これがもとになって**山鳥の尾ろの鏡**、**山鳥のはつ尾の鏡**、**山鳥の尾ろのはつ尾**などは、異性への慕情をかきたてる言葉となった。キジに似て、ほろほろと鳴き、羽を打って雌を呼ぶ。

山鳥のはつをのかゞみ影ふれて
かげをだにみぬ人ぞ恋しき

源俊頼『夫木和歌抄』

雷鳥《らいちょう》

宙《ちゅう》に砕けし白銀《しろがね》の
星の塵《ちり》こそ地につもれ。
帝座《ていざ》を下りし雷鳥は
真白き鳥と変じけり。

河井酔茗「雷鳥の歌」より

雷鳥の巣にぬくみある夕立かな　吉田冬葉

雷鳥を追う砑日の真上より　河東碧梧桐

◎雷《らい》の鳥《とり》　雷鶏《らいけい》　霊鳥《れいちょう》　岩鳥《いわとり》　岳鳥《だけとり》　松鶏

ライチョウ *gt*

雷の鳥《らいのとり》

霧や雷雨の兆候があるときだけ出歩く鳥、**雷鳥**◆。晴天のときは猛禽類に襲われないよう、ハイマツの藪などに身を潜めている。氷河期の生き残りともいわれる生物で、北半球の高山に取り残された形で棲息している。

古くは**雷の鳥**と呼ばれ、山岳信仰と結びついて霊山に棲む**霊鳥**とされてきた。この鳥に危害を加えると暴風雨が来るとか、山中で雷が鳴るとライチョウが雷獣を捕らえて食べるなどの言い伝えがあり、「白山の松の木陰にかくろへてやすらにすめるらいの鳥かな」(後鳥羽院『夫木和歌抄』)と紙に書いて家に貼りつけておくと、雷が落ちないと信じられていた。

南北両アルプスなどのハイマツ帯に棲み、夏は黒や茶色の羽毛が現れ、冬は全身真っ白い羽毛におおわれる。雌雄ともに眼の上に赤い肉冠がある。

隼

はやぶさ

まなこをあげて落つる日の
きらめくかたを眺《なが》むるに
羽袖うちふる鶻隼《はやぶさ》は
彩《あや》なす雲を舞ひ出でて
翅《つばさ》の塵《ちり》を払ひつゝ
物にかゝはる風情《ふぜい》なし

島崎藤村「新潮」より

はやぶさの尻つまげたる白尾《しらお》哉《かな》　岡田野水

隼の物食ふ音や小夜嵐　内藤鳴雪

◎朝風《あさかぜ》　晨風《あさかぜ》　隼《しゅん》　鶻《こつ》

ハヤブサ *gt*

朝風

あさかぜ

はげしくも落《おち》くる物か冬山の雪にたまらぬ峯の朝風　西園寺公経『鷹百首』

隼◆はタカ目ハヤブサ科の鳥の総称。種名のハヤブサをさす場合もある。**長元坊**《ちょうげんぼう》◆も仲間だが、狩りには不向きだったため**馬糞鷹**《まぐそだか》、**糞鳶**《くそとび》などと蔑《さげす》まれた。しかし尾羽を緊張させてホバリングする姿は完璧で、飛べもしない人間の言葉は吐いた口に戻るだけ。**稚児**《ちご》**隼**《はやぶさ》◆は、通りすがった昆虫を手づかみで捕獲する。

ハヤブサは俊敏。獲物を見つけると全速力で急降下し、上昇するときも風のごとく天に翔け昇る。それを見た奈良時代の人は、『出雲国風土記』に**晨風**《はやぶさ》と書きとめた。**朝風**、**晨風**を異称とするのはここから。飛翔の姿は**鶻影**《こつえい》。

隼に日本海の朝日かな　正岡子規

ハヤブサ科の鳥は日本では７種確認され、うち３種が繁殖する。タカ科の鳥は翼の先が人の指のように広がるが、ハヤブサ科の翼は長細く先が尖る。

鷹《たか》

◎鷹《くち》　畏鳥《かしこどり》　木居鳥《こいどり》　とむらさき

ぬくめ鳥《ぬくめどり》

爪たてぬ心もあはれぬくめどり　大島蓼太

鷹◆とはタカ科のうち小中型の鳥の総称。鵟《のすり》◆、沢鵟《ちゅうひ》◆、大鷹《おおたか》◆、蜂熊《はちくま》◆（八角鷹《はちくま》◆）、熊鷹《くまたか》◆（角鷹《くまたか》◆）などは冬、小鷹《こたか》◆と呼ばれる鷂《はいたか》◆（灰鷹《はいたか》◆）、雀鷂《つみ》◆（雀鷹《つみ》◆）、鸇《さしば》◆（差羽《さしば》◆）などは秋の鳥。総勢四十八鷹《しじゅうはったか》と言いならわす。鷹詞《たかことば》では雌雄別称が多く概して雌のほうが大きい。鷹狩りで重んじられた雌の名が種名となっている。

寒夜、タカは捕まえた小鳥をつかんでわが足をあたため、翌朝逃がしてやるとか。その恩に免じ、小鳥が逃げていった方向ではその日の猟をしないとも。これがぬくめ鳥◆*三二頁。暖をくれた小鳥をさすことも。猛々しさで鳴らした鳥の意外な一面か。ゆったりと余裕のあることを鷹揚《おうよう／ようよう》という。鷹風《ようふう》は秋風。

遙なる行方の冴やぬくめ鳥　松瀬青々

タカの多くも渡りを行っており、一日に数千羽ものタカが渡っていく様子を見ることもある。長野県の白樺峠、愛知県の伊良湖岬は渡りの名所。

サシバ *gt*

佐保姫鷹《さおひめだか》

若鷹の涙はらりと雲韻《ひび》く　日野草城

朴の木に低くとまりぬ青鷹《もろかえり》　原石鼎

鷹狩りに使われるタカは、幼くして捕らえられ訓練される。幼鳥には特別の名があり、**佐保姫鷹**◆は一度も羽換えをしていない一歳鷹、**若鷹**のこと。春に捕獲されるので、春を司る女神「佐保姫」からこの名がついた。**棹姫《さおひめ》鷹《だか》**◆、**さお鷹《だか》**◆、**乙女鷹《おとめだか》**◆ともいう。二歳鷹は**片回り《かたかえ》**、三歳鷹は**諸回り《もろがえ》**あるいは**蒼鷹《あおたか／もろがえり》**と呼ばれる。「蒼鷹」は鷹狩りの代表種オオタカの別名でもある。

夏は羽換えのため**鳥屋籠もり《とやごもり》**◆。**鷹の塒入り《とやいり》**◆などとも。秋の**鷹の塒出《とやで》**◆まで、**塒鷹《とやだか》**◆は狩りをしない。

深山では、陰暦七月ごろが自立の季節。巣立ったタカの子が親離れすることは**鷹の山別れ《やまわかれ》**◆、**山帰り《やまがえり》**◆。**鷹は飢《う》えても穂《ほ》をつまず**のことわざどおり、鳥の誇りを全うして毅然と生きる。

鷹一つ見付けてうれし伊良湖岬《いらござき》　松尾芭蕉

鷹の子の眼けはしく育ちけり　村上鬼城

永き日や羽惜《おし》む鷹の嘴《はし》使ひ　河東碧梧桐

鷹鳴いて一峰の秋晴れにけり　小川芋銭

鷹の眼の水に居《すわ》るや秋のくれ　加藤暁台

落し来る鷹にこぼるゝ松葉哉《かな》　加舎白雄

鷹日和枯木白樺ともなく朴ともなく　島村元

岩に立ちて鷹見失へる怒濤かな　長谷川零余子

寒凪ぎの高鳥見ゆる峠かな　大須賀乙字

又逢はぬ別をいかにぬくめ鳥　横井也有

死んでこそ活《いき》る瀬もあり暖鳥《ぬくめどり》　溝口素丸

右になし左りにすらんぬくめ鳥　加舎白雄

暖《ぬく》め鳥《どり》同士が何か咄《はな》すぞよ　小林一茶

深山木にわかれ迷ふかぬくめ鳥　上川井梨葉

イヌワシ gt

魚つかみし鶚《みさご》は山に霞み入る
松瀬青々
秋風にしら波つかむみさご哉《かな》
高桑闌更
羽をかへす雎鳩《みさご》に秋の入日かな
加舎白雄
夕まぐれたかとみつれど荒磯の浪間をあさるみさごなりけり
源俊頼『夫木和歌抄』

ミサゴ *gt*

関雎の楽しみ

かんしょのたのしみ

雲に入るみさごの如き一筋の恋とし知れば心は足りぬ　有島武郎

右の歌、作者の絶筆と聞けば思い複雑。雌雄仲睦まじいといわれる鶚《みさご》◆が、最期の夢を見せてくれたのだろうか。**関雎の楽しみ**とは、夫婦が円満に暮らす幸い。**関関《かんかん》たる雎鳩《しょきゅう》は河の洲に在り**（『詩経』）の情景で、**雎鳩**◆はミサゴ、**関**は鳥の番《つがい》がのどかに鳴き交わす声。

ミサゴは**魚鷹**◆の字を当てることがあるように、魚を主食とする。その生態ゆえに、タカ科から離してミサゴ科と分類する説もある。飛翔時、光に透ける翼の色と意匠は神の芸術。波しぶき立つ岩の上にも、鋭い目つきを和らげて、雌雄よりそって巣を結ぶ。

波こえぬ契《ちぎり》ありてやみさごの巣　河合曾良

ミサゴは主に海沿いの大木や岩の上に巣を構え、魚を主食にしているタカの仲間。冬期は暖地へ移動し、内陸の大きな湖や河川でも見られる。

鳶《とび》

電線《はりがね》に鳶の子が啼き月の夜に赤い燈《ひ》
が点《つ》くぴいひよろろろよ

北原白秋『桐の花』

澄切て鳶舞ふ空や秋うらゝ　正己
冬枯や物にまぎるゝ鳶の色　吏明
鳶大きく影を落とすや眠る山　島田青峰
雪解やひよろ〱と鳶の声　村上鬼城
鳶飛んで天にいたれる霞かな　幸田露伴
麗らかや汐干の空を鳶のまふ　水落露石
鳶の巣と知れて梢に鳶の声　立花北枝
鳶の巣を抱へて杉の女夫かな　広津柳浪

◎鴟《とび》　鵄《とび》　とんび　磯鷲《いそわし》

トビ *gt*

山伏の果ては鳶になる

やまぶしのはてはとびになる

ゆったりと空に輪をかく**鳶**は、しばしば**とんび**となまって呼ばれる。タカの仲間で猛禽類であるにもかかわらず、どこか平和で庶民的。平凡な親が秀でた子を生めば**鳶が鷹を生む**と引きあいに出され、呑みこみは早いが理解がとんちんかんだと**鳶の巣合点**《すがってん》と囃《はや》される。ちなみに、**鳶の巣**◆は春の季語。よく見えるトビの目とよく聞こえるウサギの目をセットにした**鳶目兎耳**《えんもくとじ》は、今ならさしずめインターネット。物事をよく知るための道具のことで、書物の意。極めつけは**山伏の果ては鳶になる**。修験者の末をトビに成り下がると勝手に想像したものだが、半信半疑ながらもっともらしく語られた。

北海道から九州まで最も多く目にするタカだが、南西諸島では稀。自身では狩りをせず、主に動物や魚などの死骸を拾って食べる、自然界の掃除屋。

鷲《わし》

又はよも羽をならぶる鳥もあらじ上見ぬ鷲の空の通ひぢ

藤原信実『夫木和歌抄』

◎鵰《わし》 真鳥《まとり》

オジロワシ *gt*

上見ぬ鷲《うえみぬわし》

風格のある鳥を美称して**真鳥**《まとり》というが、おもに**鷲**◆をさす。タカ科の中でも大型の**大鷲**《おおわし》◆、**尾白鷲**《おじろわし》◆、**犬**《いぬ》〔狗〕**鷲**《わし》◆、**冠鷲**《かんむりわし》◆のことで、勇壮な面持ちと鋭い眼光で他を圧倒する。その尾羽、**真鳥**《まとり》**羽**《ば》は、最高級の矢羽根となる。彼らは常にいちばん高い位置から獲物を狙うので、上方からの攻撃を気遣う必要がない。**上見ぬ鷲**と称される。

欧米でもワシは **the king of birds**《諸鳥の王》 であり、国章にエンブレムにと人気が高い。中世の言い伝えでは、ワシは十年ごとにはるかかなたの火炎圏まで昇り一気に海中へ降って羽換えするとか。また、目を開いたまま太陽を直視することができ、その能力が備わらない子は容赦なく棄てると信じられていた。

分類学的にはワシもタカもタカ目タカ科。大型のものをワシと呼んでいるが、カンムリワシはクマタカより小さく、厳密な区別はない。

鷲の巣の樟《くす》の枯枝《かれえ》に日は入《いり》ぬ　野沢凡兆

けうときは鷲の栖《すみか》や雲の峰　祐甫

鷲の子や野分《のわき》にふとる有《あり》そ海　向井去来

春山にひらふ大鷲の抜羽かな　大須賀乙字

鷲に乗つて海渡るすべ雲の秋　小川芋銭

なきたつて鷲すさまじきあらし哉《かな》　河東碧梧桐

連峰の瑞雲に突く我が荒鷲や　大谷句佛

イヌワシ *gt*

鷲の峰《わしのみね》

鷲の山今日聞く法の道ならでかへらぬ宿に行く人ぞなき

慈円『新古今和歌集』

釈迦が法華経などを説いたのは、インドの**霊鷲山《りょうじゅせん》**。頂上がワシのような形をしており、ワシの棲む山であったといわれている。**鷲山《じゅせん》**、**鷲峰**、**鷲の山**、**鷲の峰**とも呼ばれる。

わが国では、「良弁杉《ろうべんすぎ》」の伝説が知られる。良弁（奈良時代に華厳宗を中興した高僧。別名**金鷲菩薩**）は、幼時ワシにさらわれ、杉の梢に遺棄された。天翔ける魂に選ばれた幼子は、**鷲の落とし子**として稀有な叡《えい》に恵まれ、長じては東大寺建立に尽力した。

何ものにも媚びず、見仰ぐ貴さをゆく**荒鷲**◆たち。見よ。孤高という光が、漆黒の翅翼《しよく》からほとばしる。

第5章

鳥のくにと人のくに

古今東西——鳥のいない地球なんて考えられない

イヌワシ gt

美しき鳥は何鳥

花に鳴く鶯、水に住むかはづの声を聞けば、生きとし生けるもの、いづれか歌をよまざりける。

『古今和歌集』「仮名序」より

ウグイスが歌詠鳥《うたよみどり》◆の異名を得たのはこの一節に由来するとか。かたや、しばしば詩歌に詠まれ、たいそう名に負う鳥であるのに、いったい何をさすのかわからぬものもある。そのうちの百千鳥《ももちどり》◆、喚子鳥《よぶこどり》◆、稲負鳥《いなおおせどり》◆を古今《こきん》伝授《でんじゅ》の三鳥《さんちょう》もしくは単に三鳥という（百千鳥のかわりに都鳥*七六頁◆をおく説もある）。平安時代から近代まで、歌学者たちが研究をかさね論議をつくしてきたにもかかわらず、突きとめられないまま今日にいたっている。

ウグイス *yn*

百千鳥

ももちどり

銀の鈴金の鈴ふり天上に千の小鳥は
春の歌うたふ　九條武子『金鈴』

数の多いことを「百千《ももち》」といい、たくさんの小鳥、あるいは多種類の小鳥を百千鳥◆と呼ぶ。小鳥が群れて楽しげに舞いうたう、その様や声をさすとも。百鳥《ももどり／ももとり》も同じ。ウグイス説も有力で、ウグイスの異名になっている。

また、たくさん集まっているチドリのことも百千鳥◆というが、こちらは冬の風景である。

百千鳥百囀《ももさえず》りに山曇る　青木月斗

桃源に漲る春や百千鳥　青木月斗

百千鳥映れる神の鏡かな　川端茅舎

百千鳥眴《めくばせ》あちらこちらかな　川端茅舎

と緋色。五百年生きると自ら香料の上で焚死し、その灰からまた新たな生命として蘇る。「不死鳥伝説」はキリスト教の復活思想とも結びついた。

喚子鳥《よぶこどり》

駒なづむ木曾のかけ路の呼子鳥誰ともわかぬこゑきこゆなり

西行『山家集』

山で里で、人を呼ぶような鳥の声が上空から降ってくることがある。古くからツツドリともカッコウとも。ホトトギス、アオバト、ゴイサギ、ウグイス、ヌエ、ヤマドリ……候補にあがるがはっきりしない。わからぬままに**喚子鳥**◆の声とされてきた。**呼子鳥**◆とも書く。サルや山彦という説もある。

むつかしや猿にしておけ呼子鳥　宝井其角

何もかもしらぬ顔せよ呼子鳥　上島鬼貫

佐保姫の誰を召すとや呼子鳥　巌谷小波

イワミセキレイ *gt*

稲負鳥《いなおおせどり》

山田もる秋のかりいほにおく露はいなおほせどりの涙なりけり

壬生忠岑『古今和歌集』

日本の秋は稲穂の黄金色。その季節に姿を現す渡り鳥として**稲負鳥**◆が古くから詠まれてきた。セキレイともアトリとも、はたまたニュウナイスズメとも。クイナやバンやガンという説から、果ては馬まで引っ張り出されるが、やはりわからない。稲刈りを催促する鳥という。

しらいとやいなおほせ鳥よぶこ鳥　上島鬼貫

声寒し稲負鳥としておきぬ　松瀬青々

伝説の鳥①　不死鳥（ふしちょう）：フェニックス、火の鳥。アラビアの砂漠にただ一羽棲むというエジプト神話の霊鳥。姿はワシに似て羽毛は金

四季折々、鳥たちは里にまで降りてきて、美しい姿と美しい声で耳目をひきつける。人は美称をもってそれらを句歌に詠みこんだ。しかし、具体的に何鳥だったのか、今となってはわからないものもある。

花鳥《はなとり》もおもへば夢の一字かな　夏目成美

顔鳥や深山あらしをさそふこゑ　乾貞恕

懸崖に色鳥こぼれかかりたる　松本たかし

カワラヒワ *yn*

花鳥

はなどり／はなとり

花鳥に何うばはれて此《この》うつゝ　上島鬼貫

爛漫と花開く春、枝々で花びらにもぐりこむようにして鳴く鳥がいる。**花鳥**◆。花に宿る鳥の意でも使われる。カワラヒワ、ウソ、ヒバリ、ウグイス、ホオジロなどが、れっきとした花鳥である。転じて、方々を渡り歩いて奉公する人のことも花鳥という。

花鳥の揃へば春の暮る《くる》哉《かな》　吉分大魯

花鳥に山静なり泣不動《なきふどう》　沢露川

蝙蝠《こうもり》も出でよ浮世の華に鳥　松尾芭蕉

花鳥《はなとり》の彩色《さいしき》のこすかゝしかな　与謝蕪村

伝説の鳥②　ホルス：古代エジプトで信仰されたハヤブサの頭をもつ天空の神。オシリス神の息子。その右目は太陽、左目は月と考えられていた。

貌鳥 かおどり／かおとり

かほ鳥《どり》の間《ま》無くしば鳴く春の野の草《くさ》
根《ね》の繁き恋もするかも
よみ人知らず『万葉集』

春の野に来て、一日中鳴いている姿も声も麗しい**貌鳥**◆、**貌《かお》よ鳥《どり》**◆。ストレートでありながらなんとエレガントな命名だろう。**顔鳥《かおどり》**◆、**容鳥《かおどり》**◆、**兒鳥《かおどり》**◆、**貌佳鳥《かおよどり》**◆、**容好鳥《かおよどり》**◆など、いろいろに書かれもする。「カホ」と鳴くからカッコウ、カラス、アオバトか……、姿から推してオシドリ、キジ、カワセミか……。でもずっと正体は不明のまま。また、**杲《はこ》〔箱〕鳥《どり》**◆もこの鳥のことらしい。「箱を開ける」の語縁から「明ける」を導き、深山から夜だけやってきて明けては帰る鳥のことだと、風流な連想もされた。

顔鳥に顔を並べて長閑なり　夏目成美

ジョウビタキ *gt*

カワセミ *gt*

色鳥 いろどり

色鳥よ、
よろこべよ、このあした
ふくらむ花の
いろがきこえる。
北原白秋「春朝」

色鳥◆——色々の鳥とも色美しい鳥とも。そういう鳥は季節を問わず目にもするが、とくに秋に渡ってくる小鳥をいう。囀りより羽色の鮮やかさで存在を誇示する、ジョウビタキ、レンジャク、アトリ、マヒワ、ベニヒワ、ツグミといった**秋小鳥《あきことり》**◆たち。色の記憶をとどめんがため、錦の葉末を飛び交い、草紅葉の野を横切る。枯野の季節がくる前に。

色鳥の粲然《さんぜん》として林を出づ　尾崎紅葉
色鳥や頬の白きは頬白か　正岡子規
色鳥の時々声す山幽に　青木月斗
色鳥の何鳥か木によく遊ぶ　上川井梨葉
色鳥や庭に滝あり紅葉あり　島村元

伝説の鳥③　鳳凰（ほうおう）：古代中国で聖天子が現れると出現するとされた想像上のめでたい鳥。雄が鳳、雌が凰。「おおとり」とも呼ばれる。

家《いえ》つ鳥《とり》

庭つ鳥鶏《かけ》の垂尾《たりお》の乱尾《みだれお》の長き心も思ほえぬかも　よみ人知らず『万葉集』

大空に解き放たれて自由に飛び回る野鳥に対して、**家つ鳥**として人の近くで飼われる鳥も古くからいたことが、文献から知られる。その代表がニワトリであった。

ニワトリは古名を**庭つ鳥**という。現在の名前の語源である。「家つ鳥」も「庭つ鳥」も、「**鶏**《かけ》（ニワトリの古名）」にかかる枕詞として使われた。

ちなみに同じ類の表現として、**沖つ鳥**は「鴨《かも》」に、**島つ鳥**は「鵜《う》」に、**野つ鳥**は「雉《きぎし》」にかかる枕詞である。

紅梅や鶏のなく村けむるむら　河東碧梧桐

鶏鳴けば佗しさよする春日かな　富田木歩

ニワトリ *gt*

長鳴鳥《ながなきどり》

鶏《とり》の音《ね》の隣も遠し夜の雪　各務支考

おほらかに鶏なきて海空から晴れる　尾崎放哉

ニワトリは、インド、東南アジアに生息するセキショクヤケイ（赤色野鶏）が、古《いにしえ》の日に家畜化されたものと考えられている。日本へは、埴輪にもなるほど往古から伝わっていた。記紀には、天の磐戸の前で鳴いた「常世の長鳴鳥」として登場する。**長鳴鳥**、**常**《とこ》**世鳥**《よのとり》の名はここから。暁に何度も鳴く鳥なので、**八声鳥**《やこえのとり》、**寝覚鳥**《ねざめのとり》、**明**《あけ》〔**暁**〕**告鳥**《つげどり》ともいわれる。かつて都の四境の関でニワトリに木綿《ゆう》をつけて祓えをしたことから**木綿付鳥**《ゆうつけどり》とも呼ばれ、これがなまって**夕告鳥**《ゆうつげどり》という名もあったという。**雨降りの鶏**は、やつれてしょんぼりした姿のたとえ。

鶏の何か言ひたい足つかい　『誹風柳多留』

伝説の鳥④　**三足鳥**（さんそくう）：太陽の中に棲むという三本足のカラス。十個の太陽を毎日一つずつ背負って空を渡る。西王母の使いとも。

小花鳥《こばなどり》

小花鳥◆というやさしい名前は鶉《うずら》◆のこと。鶉鳥《うずらとり》◆、鶉《いとら》◆などとも呼ばれる。鶉野《うずらの》◆に鶉鳴く風景はほのぼのとして、郷愁をつのらせるものだったらしい。「鶉鳴く」は「古《ふ》る」「古《ふ》りにし里」などにかかる枕詞。つぎはぎだらけの衣服を鶉衣《うずらごろも／うずらぎぬ》◆、鶉の衣◆などといい、鶉の床《とこ》◆は草むら、みすぼらしい家のたとえ。鶉居《じゅんきょ》はウズラのように住所が定まらないこと、仮住まい。

ウズラも古くから飼い鳥として存在した。江戸時代の富裕層では、豪華な装飾つきの鶉籠《うずらかご》◆で飼育し、雄の鳴き声を競う鶉合わせ◆が頻繁に催された。

晩春のころ。高くのびた麦畑の中でひなを育てるウズラを麦鶉《むぎうずら》◆という。鶉月《うずらづき／しゅんげつ》は、陰暦五月の異名。

張声や籠のうづらの力足　山店
鶉鳴く深草淋し夕づく日　大谷句佛
兎角して動き出しけり麦鶉　河東碧梧桐

イチジクインコ *yn*

唐鳥《からとり》

唐鳥の匂ひのす也罌粟《けし》の花　鈴木道彦

外国産で日本へ輸入された鳥を唐鳥と呼んでいた。高級なペットとして早くから愛玩され、画題としても親しまれた。近世に入ってからは、見世物として庶民も目にすることとなる。

鸚鵡《おうむ》は奈良時代から知られていて、ことまなびとも呼ばれた。鸚哥《いんこ》は小型のオウムで、色彩に富み尾の長いものといわれる。鸚哥、音呼とも書く。

江戸時代初期には、九官鳥《きゅうかんちょう》や文鳥《ぶんちょう》が伝わり、十姉妹《じゅうしまつ》は日本で改良されて固定した。江戸時代半ばには金糸雀《かなりあ》も加わった。

桐の花新渡《しんと》の鸚鵡不言《ものいわず》　宝井其角
日の光金絲雀《カナリヤ》のごとく顫ふとき硝子
に凭《よ》れば人のこひしき　北原白秋『桐の花』
文鳥や籠《かご》白金に光る風　寺田寅彦

伝説の鳥⑤　金鶏（きんけい）：金鶏星の中に棲む想像上のニワトリ。まずこの鳥が鳴いて暁を知らせ、天下のニワトリが応じて鳴くと考えられた。

鳥のことば

唐鳥の跡《からとりのあと》

鳥の足跡《あしあと》が、時として文字のように見えることがある。**唐鳥の跡**は文字や筆跡のこと。**鳥跡《ちょうせき》**、**鳥《とり》の跡《あと》**、**鳥《とり》の足《あし》**などともいう。下手な字で書かれた文などを軽く笑うときにも使う。

中国の伝説によれば、黄帝《こうてい》の史官であった蒼頡《そうけつ》が、鳥の足跡を見て文字を創りあげたとか。**雁字《がんじ》**◆は、ガンが列をなして空を渡る姿を文字とみて。

花に去《い》ぬ鴈《かり》の足跡《あしあと》よめかぬる

与謝蕪村

水辺の鳥《すいへんのとり》

水辺の鳥、**水鳥《すいちょう》**とは酒のこと。字が「さんずい（三水）」と「とり（酉）」。

鳥の目《とりのめ》

昔の穴あき銅銭のことを**鳥の目**、**鳥《ちょう》目《もく》**といった。円形に四角い穴の形がガチョウ（鵞鳥）の目に似ているとして、中国では**鵞眼《ががん》**とも。**鳥目絵《とりめえ》**は鳥瞰図《ちょうかんず》のこと。

鳥の目と足は世上の宝也

『誹風柳多留』

てうほうなもの八鳥の目鳥の足

『誹風柳多留』

目を渡る鳥《めをわたるとり》

目を渡る鳥は、視界をさっと横切る鳥のこと。一瞬間。無常のたとえとすることもある。

たまさかにくるとはすれどめを渡る
鳥のはやくも帰りぬるかな

源俊頼『散木奇歌集』

鳥影がさす《とりかげがさす》

鳥の影が障子などに映ることを**鳥影がさす**といい、**鳥影させば人が来る**といわれた。略して**鳥影《とりかげ》**。鳥が飛ぶ姿や、物に映った鳥の形も**鳥影《とりかげ/ちょうえい》**と呼ぶ。

鳥影も鶯ならば女きやく

『誹風柳多留』

鳥が触れたか風が言うたか《とりがふれたかかぜがいうたか》

いったいどこから秘密がもれたものやら……といった状況。

鳥鳴きて夜深し《とりなきてよふかし》

一番鶏が鳴いてもまだ心の中は夜のまま。すなわち、思い立ちはしたが、結果のよしあしも不明で見通しがたたないことを**鳥鳴きて夜深し**という。

伝説の鳥⑥　**比翼の鳥**（ひよくのとり）：雌雄が片方ずつ翼と目をもち、一体となって飛ぶという鳥。ヒヨクドリはゴクラクチョウの異名。

鳥は古巣に帰る《とりはふるすにかえる》

故郷が忘れられないことを**鳥は古巣に帰る**といい、あらゆるものはその根元に戻ることのたとえとされる。

花は根に鳥は古巣に帰るなり春のとまりを知る人ぞなき

崇徳院『千載和歌集』

鳥の林に囀り魚の淵に躍る《とりのはやしにさえずりうおのふちにおどる》

それぞれのものがあるべき場所にいて、溌剌と生きていること。

鳥もとまり時《とりもとまりどき》

物事には時期が大切であること。いい潮時。

宿鳥《ちゅくちょう》

ねぐらに帰っておだやかに眠っている鳥を**宿鳥**という。**寝鳥《ねとり》**、**ねぐら鳥**なども同じ。

友鳥《ともどり》

何羽か連れだっている鳥は**友鳥**。一緒に飛んでいる同じ種類の鳥のこともいう。

小篠《いささ》むら竹夕《ゆう》くれて、塒《ねぐら》もとむる友《とも》鳥《とり》の、雀いろ時になりにけり。

曲亭馬琴『椿説弓張月』より

鳥来月《とりくづき》

鳥来月は陰暦四月のこと。**得鳥羽月《とことばのつき／えとりはのつき》**も、同じく四月。

鳥じもの《とりじもの》

鳥じものとは「鳥のように」という意味で用いられる副詞。朝未《ま》だき鳥がねぐらを飛び立つように、あるいは水鳥が水に浮かんで生活しているように、早朝の出発や、小舟で水上を進む様などの比喩に使われた。

鳥の使い《とりのつかい》

急ぎの使者のことを**鳥の使い**、**鳥使《ちょうし》**という。飛ぶように速いというイメージをのせて。

鳥の子色《とりのこいろ》

鶏卵の殻の色を**鳥の子色**という。**鳥《とり》の子紙《こがみ》**は、雁皮《がんぴ》などからつくられた上質の和紙。紙の色が鳥の子色だから。

伝説の鳥⑦　金翅鳥（こんじちょう）：ヒンズーの聖なる鳥。ガルダ（ガルーダ）。顔は人面、体は鳥、翅は金色、火を吐き、龍を食う。

鳥ならぬ鳥

鳥ではない生き物が、鳥を付した名で呼ばれることがある。古くは、けだもの一般も「〇〇鳥」といった。その名残らしい。**穴鳥**《あなどり》（ネズミ）、**迷**《まよ》**わし鳥**《どり》（キツネ）のごとく。蝶のことを**夢**《ゆめ》**見**《み》〔**観**〕**鳥**《どり》というのは、『荘子』の故事「胡蝶の夢」による。

木の実鳥

このみどり

木の実鳥とは、木の実に寄りつく鳥の総称。サルの異称にもなる。木の実を好物とすることでは、サルも負けるものではない。**果鳥**、**木菓鳥**とも書く。**喚子鳥**＊一七一頁◆をサルとする説もある。

あらしふく深山の奥のこのみ鳥叫ぶ
声のみ雲にさはりて　『和歌呉竹集』

紅葉鳥

もみじどり

紅葉鳥◆はシカのこと。「鹿に紅葉」はとりあわせのよいもの。**錦鳥**《にしきどり》とも。

しぐれふる龍田の山の紅葉とりもみぢ
の衣きてや鳴らん　後鳥羽院『蔵玉和歌集』

ニホンジカ gt

蚊食鳥

かくいどり

蚊食鳥◆、**火食鳥**《ひくいどり》はコウモリの異称。**蚊鳥**《かとり》、**夜燕**《やえん》◆とも。

霖雨《ながあめ》のはじめて晴れし宵月に蚊くひ
鳥飛ぶ影夢の如く　伊藤左千夫

蚊食鳥さゞ波のごと飛びつるゝ　青木月斗

丹鳥

たんちょう

丹鳥はホタル。**夜半立鳥**《よはたどり》ともいうのは、夜半立草《よはたぐさ》の花に好んで宿るから。

＊鳴き声はトラツグミに似ているとされ、トラツグミの異称にもなっている。転じて、正体がはっきりしないもの、怪しげなものをさしていう。

鷹化して鳩となる◆《たかかしてはととなる》
陰暦二月、啓蟄の第三候。

田鼠化して鴽となる◆《でんそかしてうずらとなる》
陰暦三月、清明の第二候。田鼠はモグラ。

雀蛤となる◆《すずめはまぐりとなる》

雀大水に入り蛤となる◆《すずめうみにいりはまぐりとなる》

雀化して蛤となる◆《すずめかしてはまぐりとなる》
陰暦九月、寒露の第二候。

雉大水に入りて蜃となる◆《きじうみにいりておおはまぐりとなる》
陰暦十月、立冬の第三候。

新鳩《あらばと》よ鷹気《たかき》を出して憎まれな　小林一茶

鷹鳩になる此頃の朧かな　正岡子規

とぶ鶉鼠の昔忘るゝな　小林一茶

田鼠や春にうづらの衣がえ　桜井梅室

蛤になる苦も見えぬ雀哉《かな》　小林一茶

蛤に雀の斑《ふ》あり哀れかな　村上鬼城

子は雀身は蛤のうきわかれ　夏目漱石

雀蛤となるや鵲鴻の志　大谷句佛

七十二候の鳥変化《へんげ》

太陰太陽暦で、一年を二十四等分して節気と中気を交互に設け、「立春」「雨水」「啓蟄」など季節感あふれる名称をつけたものを二十四節気という。さらに各々三等分して七十二候とすると、一候は五日ないし六日。この二十四節気七十二候は中国から伝わった区分法で、「気候」の語源もここに求められる。

七十二ある各候は故事にちなむ名前や天地自然の現象で表される。その中には「**鴻雁来《こうがんきた》る**◆」「**玄鳥《つばめ/げんちょう》帰る**◆」など鳥に関するものもあり、いくつかは、上掲のようなとっぴな発想が成句としてもっともらしく語られたりもした。科学を知る現代人から見るとただおかしいが、昔の人々は渡りの生態を知らなかったので、姿を見かけなくなるとほかの生き物に変化《へんげ》してしまったにちがいないと考えたのだろう。

同じような想像が中世のヨーロッパにもあった。英名goose barnacleといわれるエボシガイは、船や流木などにこびりつく貝で、羽毛のような付属肢をもっている。これが羽になり季節がくるとガンになるという説は大まじめで信じられ、挿絵つきで博物学の本に載っていたという。ガンは卵を産まないと信じられていたころの珍説。

伝説の鳥⑧　鵺〔鵼〕（ぬえ）：『平家物語』などに語られる源頼政の「鵺退治」で有名な怪鳥で、頭はサル、体はタヌキ、肢はトラ、尾はヘビ、

「鳥のくに」いつまで

「鳥類の絶滅」が心配されている。「種の絶滅」などという生やさしいものではなく、遠くない将来、この地球上からすべての鳥がいなくなってしまうかもしれないという。

たとえば、『不思議の国のアリス』（L・キャロル）で有名なドードーは、モーリシャス島に上陸したポルトガル軍により食料として乱獲されたのち、オランダ人が持ちこんだブタやサルによって卵とひなが襲われ、一六八一年（一六六二年説も）に絶滅した。

渡りの時期には、移動する大群が上空を三日三晩埋めつくしたと記録される北米のリョコウバトも、また然り。五十億羽ともいわれたこの鳥は、十九世紀における壮絶な乱獲のため、二十世紀を待たずして姿を消した。

花魁鳥

おいらんどり

花魁鳥はエトピリカのこと。アイヌ語で美しいくちばしの意。繁殖期には目の後方から房状の飾り羽がのび、顔は白色、くちばしは鮮赤色になる。一九八〇年代に激減した。原因は不明ながら、漁網などにからまって落命するのではないかとも。現在は数羽を残すのみという。

エトピリカ *yn*

信天翁

しんてんおう／あほうどり

日はひねもす信天翁《おきのたいふ》といふ鳥ののろのろごゑをきけば悲しも

北原白秋『雀の卵』

阿《あ》房《ほう》〔呆〕鳥《どり》は**信天翁**、**沖《おき》の大夫《たいふ／たゆう》**などとも呼ばれる中型の海鳥。羽毛採取に狂奔した人間が大乱獲、一時は絶滅したとされた。その後、鳥島や尖閣諸島に生存していることがわかり、特別天然記念物に指定されたが、火山の噴火でまた数を減らした。二〇〇七年から、鳥島のひなを比較的環境がいい三百キロ南の無人島聟島《むこじま》へ移すという、世界初の試みが始まった。

伝説の鳥⑨　迦陵頻伽（かりょうびんが）：雪山（せっせん＝ヒマラヤ）または極楽にいて、美しい声で鳴く仏教の鳥。仏の声ともいわれる。

鸛鶴《こうづる》

鸛鶴はコウノトリ。単に**鸛**とも書かれる。古来、めでたいとりあわせとされた「松上の鶴」は、実はこの鳥。奈良時代には**おおとり**、鎌倉時代は**こう**と呼ばれ、江戸時代から**こうのとり**の名が定着した。**鸛《こう》の一啄《ひとつき》、鶴の一撃《ひとはね》**はコウノトリとツルは形が似ているが、前者はくちばし、後者は羽の力が強いという意。赤ん坊を運んでくるといわれるヨーロッパのものは別種。

かつては全国各地にいたが、二十世紀後半に日本で繁殖する個体群が消滅。農薬などによる環境悪化が原因とみられている。人工繁殖と自然放鳥の試行錯誤の末、二〇〇七年夏、兵庫県で人工巣塔に営巣したペアによる自然繁殖が成功し、話題を呼んだ。

桃花鳥《とうかちょう／とき》

山高みすそ野の夕日か、やきて植田にうかぶ鴇《とう》のこがれ羽

紀貫之の作とも伝えられるこの歌に詠われた**とうのこがれ羽**は、**鴇**《とき》◆の美しい羽のこと。奈良時代から知られ、古名は**つき**、**つく**。奈良時代以降、**とき**と呼ばれた。**朱鷺**◆、**桃花鳥**◆、**紅鶴**などとも書かれるのは、風切羽と尾羽が淡紅色、すなわち**とき色**をしているから。

一九八一年、佐渡に残った五羽を人工繁殖のため捕獲したのを最後に、日本の野生種は絶滅。繁殖は人間の意のままにならず、中国から借用したり譲り受けたりした個体で継続、現在も努力が続けられている。

人鳥《ひとどり》

人鳥はペンギンの異称。直立して歩いたり跳ねたりする姿は、なんともいえない愛らしさ。鳥類ではあるが飛翔力はない。しかし、ひとたび水を得れば一瞬にして変身する。どこまでも広く深い「海中の大空」を、猛烈なスピードで「翔ぶ鳥」になる。

そもそもPenguinという名はウミスズメ科のオオウミガラスの別称であった。翼が退化した飛べない鳥で、かつての生息地カナダ南東部の沖合に浮かぶ小島は、彼らの体色で白く見えるほどだったという。それをポルトガル語でペンギン《白い頂》島と名づけ、島にいた鳥をペンギンと呼んだのである。十九世紀、オオウミガラスは捕食乱獲のため絶滅。その名は、南半球に棲む生態や姿形のよく似た現在のペンギンが継承した。

伝説の鳥⑩　共命鳥（ぐみょうちょう）：一つの体に頭が二つある鳥で、顔は人間。どちらの頭にも意志があり自己主張するが、一つの命を共有。

コアホウドリ gt

あ

秋沙◆あいさ 60
青頸／緑頸◆あおくび 58
青啄木鳥◆あおげら 96
青鷺／蒼鷺◆あおさぎ 51
蒿雀／青鵐◆あおじ 133
青鵐◆あおしとど 133
蒼鷹 あおたか 161
青葉木菟◆あおばずく 92
青鳩◆あおばと 145
青羽鳥◆あおばどり 58
赤啄木鳥◆あかげら 96
赤鵐◆あかしとど 133
赤翡翠◆あかしょうびん 42
赤腹◆あかはら 112
赤髭◆あかひげ 113
秋小鳥◆あきことり 173
秋雀◆あきすずめ 143
秋燕◆あきつばめ 102
明告鳥 あけつげどり 174
揚雲雀◆あげひばり 99
朝風／晨風 あさかぜ 159
朝雀 あさすずめ 141
朝燕◆あさつばめ 101
朝雲雀◆あさひばり 99
鰺刺◆あじさし 77
獦子鳥／花鶏◆あとり 134
穴鳥 あなどり 178
阿房鳥／信天翁 あほうどり 180
雨鷽◆あまうそ／あめうそ 138
雨燕◆あまつばめ 103
あやめ鳥◆あやめどり 82
荒鷲◆あらわし 167
蟻吸◆ありすい 97

い

家つ鳥 いえつとり 174
家鳩 いえばと 145
斑鳩◆いかる 139
石たたき◆いしたたき 104
交喙鳥◆いすか 137
交喙鳥の嘴 いすかのはし 137
磯鴫◆いそしぎ 72
磯千鳥◆いそちどり 68
銀杏羽◆いちょうば 20
一声の山鳥 いっせいのさんちょう 83
凍鶴◆いてづる 65
凍鳥◆いてどり 36
鶉◆いとら 175
稲負鳥◆いなおおせどり 170・171
稲雀◆いなすずめ 143
去ぬ燕◆いぬつばめ 102
犬鷲◆いぬわし 166
色鳥◆いろどり 173
岩燕◆いわつばめ 103
岩戸の一足鳥 いわとのいっそくちょう 103
岩雲雀◆いわひばり 99
石見鶺鴒◆いわみせきれい 104
鸚哥 いんこ 175

う

鵜◆う 46
羽衣 うい 18
初立ち ういだち 32
羽音◆ういん／うおん 17
上見ぬ鷲 うえみぬわし 166
鵜飼い◆うかい 46
鵜篝◆うかがり 46
浮かれ鳥 うかれがらす 153
浮鳥◆うきどり 35
浮寝鳥◆うきねどり 34・35
鶯◆うぐいす 82・114
鶯合わせ◆うぐいすあわせ 25
鶯老を啼く◆うぐいすおいをなく 116
鶯音を入る◆うぐいすねをいる 23
鶯の押親◆うぐいすのおしおや 22
鶯の谷渡り◆うぐいすのたにわたり 115
鶯の付子◆うぐいすのつけご 22
鶯の初音◆うぐいすのはつね 23
うぐいすむしくい◆うぐいすむしくい 121
烏鵲の智 うじゃくのち 151
烏鵲の橋◆うじゃくのはし 150
鵜匠◆うじょう 46
鶉◆うずら 175
鶉合わせ◆うずらあわせ 25・175
鶉籠◆うずらかご 175
鶉衣◆うずらごろも／うずらぎぬ 175
鶉月 うずらづき 175
鶉鳴く うずらなく 175
鶉野◆うずらの 175
鶉の床◆うずらのとこ 175
鷽◆うそ 138
鷽替え◆うそかえ 138
嘯鳥◆うそどり 138
鷽の琴◆うそのこと 138
鷽姫◆うそひめ 138
歌詠鳥◆うたよみどり 115・170
烏鳥の私情 うちょうのしじょう 153
卯月鳥◆うづきどり 82
梁の燕 うつばりのつばめ 101
烏兎 うと 153
善知鳥◆うとう 79
善知鳥安方 うとうやすかた 79
鵜縄◆うなわ 46
鵜舟◆うぶね 46
海秋沙◆うみあいさ 61
海鷗 うみかもめ 76
海雀◆うみすずめ 78
海猫◆うみねこ 75
海猫帰る◆うみねこかえる 75
海猫渡る◆うみねこわたる 75
浦千鳥◆うらちどり 68

え

エクリプス eclipse 19
越冬燕 えっとうつばめ 102
燕蝠の争い えんぷくのあらそい 101

お

老鶯◆おいうぐいす 116
花魁鳥 おいらんどり 180
鶯宿梅◆おうしゅくばい 114
鸚鵡 おうむ 175
大軽率鳥 おおおそどり 153
大木葉木菟◆おおこのはずく 92
大地鴫◆おおじしぎ 72
大鷹◆おおたか 160
大鷭◆おおばん 67
大猿子鳥◆おおましこ 135

大葭切◆おおよしきり 118
大瑠璃◆おおるり 124
大鷲◆おおわし 166
沖つ鳥 おきつとり 58・174
沖の大夫 おきのたいふ／おきのたゆう 180
尾越の鴨◆おごしのかも 58
鴛鴦涼し◆おしすずし 57
鴛鴦◆おしどり 56
鴛鴦の沓◆おしのくつ 56
鴛鴦の褥◆おしのしとね 56
鴛鴦の巣◆おしのす 57
鴛鴦の契◆おしのちぎり 56
鴛鴦の独寝◆おしのひとりね 57
鴛鴦の衾◆おしのふすま 56
尾白鶲 おじろびたき 123
尾白鷲◆おじろわし 166
落雲雀◆おちひばり 99
乙女鷹◆おとめだか 161
思い羽◆おもいば／おもいばね 20・56
親燕◆おやつばめ 101
親鳥◆おやどり 31

か

鳰◆かいつぶり 44
帰り鴫◆かえりしぎ 72
帰る鴨◆かえるかも 59
帰る雁◆かえるかり 53
帰る燕◆かえるつばめ 102
帰る鶴◆かえるつる 63
貌鳥／顔鳥／容鳥／皃鳥◆かおどり／かおとり 173
貌よ鳥／貌佳鳥／容好鳥◆かおよどり 173

蚊食鳥◆かくいどり 178
鶴唳 かくれい 62
鶏 かけ 174
懸巣◆かけす 148
翔け鳥 かけどり 10
鵲◆かささぎ 150
鵲の雲の梯 かささぎのくものかけはし 150
鵲の橋◆かささぎのはし 150
悴け鳥◆かじけどり 36
樫鳥◆かしどり 148
蚊吸鳥◆かすいどり 94
数掻く◆かずかく 73
片回り かたかえり 161
片鈴 かたすず 132
片鳴き かたなき 22
郭公◆かっこう 86
歌童◆かどう 115
蚊鳥 かとり 178
金糸雀 かなりあ 175
華斑鳥 かはんちょう 43
画眉◆がび 132
雷鴫◆かみなりしぎ 72
神の鳥 カムイ・チカプ 91
鴨◆かも 58
鴨来る◆かもきたる 58
鴨涼し◆かもすずし 59
鴨沓 かもぐつ 59
鴨の共立ち◆かものともだち 58
鴨の水掻き かものみずかき 59
鷗 かもめ 74

鴨渡る◆かもわたる 58
茅潜◆かやくぐり 99
萱鳥◆かやどり 121
烏 からす 152・153
唐鳥 からとり 175
唐鳥の跡 からとりのあと 176
雁◆かり／かりがね 52・82
雁が音◆かりがね 52
雁来月◆かりくづき 52
雁供養◆かりくよう 53
雁の琴柱◆かりのことじ 53
雁の棹◆かりのさお 53
雁の涙◆かりのなみだ 52
雁の羽衣◆かりのはごろも 52
雁の文字◆かりのもじ 53
迦陵頻伽 かりょうびんが 180
雁渡る◆かりわたる 52
軽鴨◆かるがも 59
軽鳧の子◆かるのこ 59
川秋沙◆かわあいさ 61
翡翠◆かわせみ 40
川千鳥◆かわちどり 68
川燕 かわつばめ 101
河原鶸◆かわらひわ 136
雁◆がん 52
冠羽 かんう 21
寒鶯◆かんおう 117
寒禽◆かんきん／かんどり 36
雁行◆がんこう 53
閑古鳥◆かんこどり 86

雁字◆がんじ 53・176
関睢の楽しみ かんしょのたのしみ 164
寒雀◆かんすずめ 143
勧農鳥◆かんのうちょう 83
寒の鵙◆かんのもず 109
雁風呂◆がんぶろ 53
冠鷲◆かんむりわし 166

き

帰燕◆きえん 102
帰雁◆きがん 53
きぎし◆きぎし 155
雉の妻恋い きぎしのつまごい 154
雉の頓使い きぎしのひたづかい 155
きぎす◆きぎす 155
菊戴◆きくいただき 120
雉◆きじ 154・155
雉大水に入りて蜃となる◆きじうみにいりておおはまぐりとなる 179
雉の草隠れ きじのくさがくれ 154
雉子の声◆きじのこえ 154
雉のほろろ◆きじのほろろ 155
雉鳩 きじばと 145
黄鶺鴒◆きせきれい 104
啄木鳥◆きつつき 96
黄鶲◆きびたき 123
九官鳥 きゅうかんちょう 175
狂鶯◆きょうおう 116
仰仰子／行行子◆ぎょうぎょうし 118
経読鳥◆きょうよみどり 115
黄連雀◆きれんじゃく 110
金烏玉兎 きんうぎょくと 153

金鶏 きんけい 175
銀山猿子鳥◆ ぎんざんましこ 135

く

水鶏◆ くいな 66
水鶏たたく◆ くいなたたく 66
水鶏の鼓 くいなのつづみ 66
鵠◆ くぐい／くくい 54
口舌り ぐぜり 22
熊啄木鳥◆ くまげら 96
熊鷹／角鷹◆ くまたか 160
共命鳥 ぐみょうちょう 181
雲に入る鳥◆ くもにいるとり 12
黒鷽◆ くろうそ 138
黒鵐 くろじ 133
黒鵐 くろしとど 133
黒鶫◆ くろつぐみ 112

け

鳧◆ けり 70
鳧の子◆ けりのこ 70
玄鳥帰る◆ げんちょうかえる 179

こ

小鯵刺◆ こあじさし 77
五位鷺◆ ごいさぎ 50
恋雀◆ こいすずめ 141
鴻雁来る◆ こうがんきたる 179
黄口 こうこう 31
鴻漸の翼 こうぜんのつばさ 54
鸛鶴 こうづる 181
雀躍り こおどり 142
古今伝授の三鳥 こきんでんじゅのさんちょう 170
小啄木鳥◆ こげら 96
凍え雀◆ こごえすずめ 143
小囀り こさえずり 25
小鮫鶲◆ こさめびたき 123
腰赤燕◆ こしあかつばめ 103
こずえむしくい◆ こずえむしくい 121
小鷹◆ こたか 160
こつかるの洗い雨 こつかるのあらいあめ 42
子燕◆ こつばめ 101
子で子にならぬ杜鵑 こでこにならぬほととぎす 85
琴弾鳥◆ ことひきどり／ことひくとり 138
ことまなび ことまなび 175
小鳥◆ ことり 13
小鳥来る◆ ことりくる 13
木葉木莵◆ このはずく 92
木の実鳥 このみどり 178
小花鳥◆ こばなどり 175
小鷭 こばん 67
駒鳥◆ こまどり 113
駒鳥笛◆ こまぶえ 113
小木莵◆ こみみずく 92
海猫孵る◆ ごめかえる 75
海猫帰る◆ ごめかえる 75
海猫の雛◆ ごめのひな 75
海猫渡る◆ ごめわたる 75
子持ち鳥◆ こもちどり 30
鼓翼 こよく 15
小葭切◆ こよしきり 118
小瑠璃◆ こるり 124
金翅鳥 こんじちょう 177

さ

裁縫鳥◆ さいほうどり 121
囀り◆ さえずり 25
さお鷹◆ さおだか 161
佐保姫鷹◆ さおひめだか 161
桜鳥 さくらどり 144
笹五位◆ ささごい 50
笹鳴き◆ ささなき 22・117
鸇／差羽◆ さしば 160
里燕◆ さとつばめ 101
早苗鳥◆ さなえどり 83
鮫鶲◆ さめびたき 123
小夜千鳥◆ さよちどり 68
湿原の神 サロルン・カムイ 65
残鶯◆ ざんおう 116
三光鳥◆ さんこうちょう 126
山椒喰◆ さんしょうくい 106
三足鳥 さんそくう 174
三宝鳥 さんぽうどり／さんぽうちょう 93

し

鴫◆ しぎ 72
鴫の看経◆ しぎのかんきん／—かんぎん 73
鴫の羽掻き◆ しぎのはがき／—はねがき 73
四十雀◆ しじゅうから 127
四十八鷹 しじゅうはったか 160
しでの田長◆ しでのたおさ 83
鵐 しとど 133
忍び音 しのびね 83
慈悲心鳥◆ じひしんちょう 88
島つ鳥 しまつとり 47・174
島梟◆ しまふくろう 91
鴲◆ しめ 139
鵲鏡 じゃっきょう 151
十一◆ じゅういち 88
秋燕◆ しゅうえん 102
繡眼児 しゅうがんじ 130
十姉妹 じゅうしまつ 175
十二黄 じゅうにおう 110
十二紅 じゅうにこう 110
宿鳥 しゅくちょう 177
鶉月 しゅんげつ 175
小洞燕◆ しょうどうつばめ 103
尉鶲／上鶲／常鶲◆ じょうびたき 122
鷦鷯一枝 しょうりょういっし 111
雎鳩◆ しょきゅう 164
白鷺◆ しらさぎ 48
白腹◆ しろはら 112
信天翁 しんてんおう 180

す

水禽◆ すいきん 35
水辺の鳥 すいへんのとり 176
巣隠れ◆ すがくれ 30
巣構え◆ すがまえ 30
木莵◆ ずく 92
巣籠もり◆ すごもり 30
雀 すずめ 140・141
雀色時 すずめいろどき 142
雀大水に入り蛤となる◆ すずめうみにいりはまぐりとなる 179
雀隠れ◆ すずめがくれ 141
雀化して蛤となる◆ すずめかしてはまぐりとなる 179
雀子◆ すずめご／すずめこ 141
雀交る◆ すずめさかる 141

雀の小躍り すずめのこおどり 142
雀蛤となる◆ すずめはまぐりとなる 179
巣立ち◆ すだち 32
巣立鳥◆ すだちどり 32
巣鳥◆ すどり 31
巣離れ◆ すばなれ 32
巣守鳥◆ すもりどり 30
巣をくう◆ すをくう 30
巣を組む◆ すをくむ 30

せ

鶺鴒◆ せきれい 104
背黒鶺鴒◆ せぐろせきれい 104
雪加◆ せっか 121
仙台虫喰◆ せんだいむしくい 121
千峰の鳥路 せんぽうのちょうろ 11

そ

ソングポスト song post 25
そに鳥の そにどりの 40

た

田歌鳥◆ たうたどり 83
田長◆ たおさ 83
鷹化して鳩となる◆ たかかしてはととなる 179
鷹◆ たか 160
鷹の塒入り◆ たかのとやいり 161
鷹の塒出◆ たかのとやで 161
鷹の山別れ◆ たかのやまわかれ 161
岳雀◆ だけすずめ 99
岳燕◆ だけつばめ 103
田鳧◆ たげり 71
田鴫◆ たしぎ 72
鶴が音 たずがね 62
橘鳥◆ たちばなどり 82
玉鴫◆ たましぎ 72
丹頂◆ たんちょう 64・65
丹鳥 たんちょう 178

ち

稚児隼◆ ちごはやぶさ 159
千鳥◆ ちどり 68
千鳥足◆ ちどりあし 68
地這瑠璃◆ ちはいるり 124
沢鵟◆ ちゅうひ 160
鳥雲◆ ちょううん 13
長元坊◆ ちょうげんぼう 159
鳥風◆ ちょうふう 17
鳥馬◆ ちょうま 112
鳥路 ちょうろ 11

つ

番鴛鴦◆ つがいおし 56
疲れ鵜◆ つかれう 46
月に鳴く千鳥 つきになくちどり 69
月日星 つきひほし 126
月夜烏 つきよがらす 153
月夜千鳥◆ つきよちどり 68
鶫◆ つぐみ 112
筒鳥◆ つつどり 89
つばくら◆ つばくら 100
つばくらめ◆ つばくらめ 100
燕◆ つばめ 100
燕帰る◆ つばめかえる 102
玄鳥帰る◆ つばめかえる 179
燕来る◆ つばめくる 100
燕去り月◆ つばめさりづき 102
燕の巣◆ つばめのす 101
燕の水はち つばめのみずはち 100
雀鷂／雀鷹◆ つみ 160
鶴◆ つる 62
鶴来る◆ つるきたる 63
剣羽◆ つるぎば 20
鶴の巣籠もり◆ つるのすごもり 63
鶴の使い◆ つるのつかい 63
鶴の舞い◆ つるのまい 65

て

ディスプレイ display 29
手振り鶯 てぶりうぐいす 116
照鷽◆ てりうそ 138
照猿子鳥 てりましこ 135
田鼠化して鴽となる◆ でんそかしてうずらとなる 179

と

桃花鳥 とうかちょう 181
とうのこがれ羽 とうのこがれば 181
通し燕◆ とおしつばめ 102
とがえる鷹◆ とがえるたか 19
鴇／朱鷺／桃花鳥／紅鶴◆ とき 181
時つ鳥◆ ときつとり 82
時の鳥◆ ときのとり 82
常世鳥 とこよのとり 174
嫁教鳥◆ とつぎおしえどり 104
嫁鳥◆ とつぎどり 104
鳶 とび 165
鳶の巣◆ とびのす 165
友千鳥◆ ともちどり 68
友鳥 ともどり 177
友呼ぶ千鳥 ともよぶちどり 68
鳥屋籠もり◆ とやごもり 161
塒鷹◆ とやだか 161
虎鶫◆ とらつぐみ 112
虎斑木菟◆ とらふずく 92
鳥帰る◆ とりかえる 12
鳥影がさす とりかげがさす 176
鳥風◆ とりかぜ 17
鳥が触れたか風が言うたか とりがふれたかかぜがいうたか 176
鳥来月 とりくづき 177
鳥雲◆ とりくも 12
鳥雲◆ とりぐも 13
鳥雲に◆ とりくもに 12
鳥雲に入る◆ とりくもにいる 12
鳥曇り◆ とりぐもり 12
鳥囀る◆ とりさえずる 24・25
鳥交る◆ とりさかる 28
鳥じもの とりじもの 177
鳥つがう◆ とりつがう 28
鳥翼 とりつばさ 14
鳥つるむ◆ とりつるむ 28
鳥と化す鏡 とりとかすかがみ 151
鳥鳴きて夜深し とりなきてよふかし 176
鳥の跡 とりのあと 176
鳥の換羽◆ とりのかえば 19
鳥の恋◆ とりのこい 28
鳥の子色 とりのこいろ 177
鳥の使い とりのつかい 177
鳥の妻恋◆ とりのつまごい 28
鳥の羽風 とりのはかぜ 16
鳥の林に囀り魚の淵に躍る とりのはやしにさえずりうおのふちにおどる 177

鳥の路 とりのみち 11
鳥の目 とりのめ 176
鳥は古巣に帰る とりはふるすにかえる 177
鳥もとまり時 とりもとまりどき 177
鳥引く◆ とりひく 12
鳥渡る◆ とりわたる 13
とんび とんび 165

な

鳴いて血を吐く時鳥 ないてちをはくほととぎす 84
長鳴鳥 ながなきどり 174
夏鶯◆ なつうぐいす 116
夏鴨◆ なつがも 59
夏の鴛鴦◆ なつのおし 57
夏雲雀◆ なつひばり 99
名告る時鳥◆ なのるほととぎす 84
匂鳥◆ においどり 115

に

鳰の浮巣◆ におのうきす 45
鳰の湖 におのうみ 44
錦鳥 にしきどり 178
入内雀◆ にゅうないすずめ 143
庭たたき◆ にわたたき 104
庭つ鳥 にわつとり 174

ぬ

鵺／鵼 ぬえ 179
ぬくめ鳥 ぬくめどり 31
ぬくめ鳥◆ ぬくめどり 160
沼太郎◆ ぬまたろう 52
濡燕◆ ぬれつばめ 101

ね

寝覚鳥 ねざめのとり 174
練雲雀◆ ねりひばり 99

の

残る海猫◆ のこるごめ 75
残る燕◆ のこるつばめ 102
残る鶴◆ のこるつる 63
鵟◆ のすり 160
野つ鳥 のつとり 155·174
野鶲◆ のびたき 123

は

鷂／灰鷹◆ はいたか 160
羽音 はおと／はねおと 17
羽交い はがい 18
羽風 はかぜ 16
萩猿子鳥◆ はぎましこ 135
白鶺鴒◆ はくせきれい 104
白鳥◆ はくちょう 54
白鳥帰る◆ はくちょうかえる 55
白鳥来る◆ はくちょうきたる 54
白鳥の歌 はくちょうのうた 55
白鳥引く◆ はくちょうひく 55
杲鳥／箱鳥◆ はこどり 173
蜂熊／八角鷹◆ はちくま 160
初鶯◆ はつうぐいす 23
羽遣い はづかい／はねづかい 14
初鴉◆ はつがらす 23
初雁◆ はつかり 52
羽繕い はづくろい／はねづくろい 18
初声 はつこえ 23
初雀◆ はつすずめ 23
初鶏◆ はつどり／はつとり 23
鳩 はと 145
鳩吹く◆ はとふく 145
はなつゆ はなつゆ 131
花鳥◆ はなどり／はなとり 172
離れ鴛鴦◆ はなれおし 57
羽抜鳥◆ はぬけどり 19
羽霧る はねきる／はねぎる 14
母食鳥◆ ははくいどり 90
羽ぶきの風 はぶきのかぜ 16
浜千鳥◆ はまちどり 68
隼◆ はやぶさ 159
孕み雀◆ はらみすずめ 141
孕み鳥◆ はらみどり 30
春告鳥◆ はるつげどり 114
春の啄木鳥◆ はるのきつつき 96
春の鴫◆ はるのしぎ 72
春の鵙◆ はるのもず 109
晴鷽◆ はれうそ 138
鷭◆ ばん 67
鷭の浮巣◆ ばんのうきす 67
鷭の笑い◆ ばんのわらい 67

ひ

飛燕◆ ひえん 100
引き鴨◆ ひきがも 59
引き鶴◆ ひきづる 63
引鳥◆ ひきどり 12
火食鳥 ひくいどり 178
緋水鶏◆ ひくいな 66
菱喰◆ ひしくい 52
翡翠のかんざし ひすいのかんざし 41
ひそみ音 ひそみね 83
鶲◆ ひたき 122
飛鳥の翔けり ひちょうのかけり 10
人来鳥◆ ひとくどり／ひとくるどり 115
人鳥 ひとどり 181
雲雀◆ ひばり 98·99
雲雀東風 ひばりごち 99
雲雀殺し ひばりごろし 99
雲雀野◆ ひばりの 99
姫水鶏◆ ひめくいな 66
比翼の鳥 ひよくのとり 176
鵯◆ ひよどり 107
鵯上戸◆ ひよどりじょうご 107
緋連雀◆ ひれんじゃく 110
鶸◆ ひわ 136

ふ

ふくら雀◆ ふくらすずめ 143
梟◆ ふくろう 90
梟松桂 ふくろうしょうけい 90
梟鳴く◆ ふくろうなく 90
梟の宵だくみ ふくろうのよいだくみ 90
不死鳥 ふしちょう 171
仏法僧 ぶっぽうそう 93
仏法僧◆ ぶっぽうそう 95
冬鷺◆ ふゆさぎ 48
冬雀◆ ふゆすずめ 143
冬鳥◆ ふゆどり 36
冬の鶯◆ ふゆのうぐいす 117
冬の鷗◆ ふゆのかもめ 74
冬の鵙◆ ふゆのもず 109
文鳥 ぶんちょう 175

へ

紅鶸◆ べにひわ 136
紅猿子鳥◆ べにましこ 135

ほ

鳳凰 ほうおう 173
頬赤◆ ほおあか 133
頬白◆ ほおじろ 132

時鳥◆ ほととぎす 82
時鳥の初音◆ ほととぎすのはつね 23
寄生木鳥◆ ほやどり 110
ホルス ほるす 172
ほろろ打つ ほろろうつ 15・155

ま

真鴨◆ まがも 58
真雁◆ まがん 52
猿子鳥◆ ましこ 135
松毟鳥◆ まつむしり 120
真鳥 まとり 166
真鳥羽 まとりば 166
真鶸◆ まひわ 136
豆回し◆ まめまわし 139
迷わし鳥 まよわしどり 178

み

水鴨 みかも 59
巫女秋沙 みこあいさ 61
鶚／雎鳩／魚鷹◆ みさご 164
水鳥◆ みずどり 35
水鳥の巣◆ みずどりのす 45
溝五位◆ みぞごい 50
鷦鷯◆ みそさざい 111
三宝鳥 みつのたからのとり 93
蒼鷺◆ みとさぎ 51
木菟◆ みみずく 92
都鳥 みやこどり 76
都鳥◆ みやこどり 76・170

む

麦鶉◆ むぎうずら 175
麦熟らし◆ むぎうらし／むぎうるらし 119
椋鳥◆ むくどり 144
群雀 むらすずめ／むれすずめ 143
群千鳥◆ むらちどり 68
群燕◆ むらつばめ／むれつばめ 101

め

鳴禽 めいきん 25
冥途の鳥◆ めいどのとり 83
眼白◆ めじろ 130
雌鳥羽 めとりば／めどりは／めんどりば 18
眼細虫喰◆ めぼそむしくい 121
目を渡る鳥 めをわたるとり 176

も

鵙◆ もず 108
百舌◆ もず 109
鵙勘定 もずかんじょう 109
鵙猛る◆ もずたける 108
鵙啼く◆ もずなく 108
鵙の沓直 もずのくつで 109
鵙の声◆ もずのこえ 108
鵙の高音◆ もずのたかね 108
鵙の贄◆ もずのにえ 109
鵙の贄刺◆ もずのにえさし 109
鵙の早贄◆ もずのはやにえ 109
鵙の晴◆ もずのはれ 108
鵙日和◆ もずびより 108
戻り鴫◆ もどりしぎ 72
紅葉鳥◆ もみじどり 178
百囀り ももさえずり 24
百千鳥◆ ももちどり 170
百千鳥◆ ももちどり 170
桃鳥 ももどり 138
百鳥 ももどり／ももとり 170
百羽掻き◆ ももはがき 73
諸回り／蒼鷹 もろがえり 161
諸鈴 もろすず 132
諸燕◆ もろつばめ 101
紋付鳥◆ もんつきどり 122
紋鶲◆ もんびたき 122

や

夜燕◆ やえん 101・178
焼野の雉◆ やけののきぎす 154
八声鳥 やこえのとり 174
八咫烏 やたがらす 153
藪鶯◆ やぶうぐいす 117
藪雀◆ やぶすずめ 121
やぶもぐり◆ やぶもぐり 99
山帰り◆ やまがえり 161
山啄木鳥◆ やまげら 96
山翡翠◆ やませみ 43
山鳥◆ やまどり 156
山鳥の心地 やまどりのここち 156
山鳥の独寝 やまどりのひとりね 156
山鳥の水鏡 やまどりのみずかがみ 157
山鳩 やまばと 145
山時鳥◆ やまほととぎす 83
山原水鶏 やんばるくいな 67

ゆ

游禽◆ ゆうきん 35
夕千鳥◆ ゆうちどり 68
木綿付鳥 ゆうつけどり 174
夕告鳥 ゆうつげどり 174
夕燕◆ ゆうつばめ 101
夕波千鳥◆ ゆうなみちどり 68
夕雲雀◆ ゆうひばり 99
行合の橋◆ ゆきあいのはし 150
雪鳥◆ ゆきどり 37
雪鶲◆ ゆきひたき 123
夢見鳥 ゆめみどり 178
百合鷗◆ ゆりかもめ 76

よ

翼鏡 よくきょう 21
葭切◆ よしきり 118
葭五位◆ よしごい 50
夜鷹◆ よたか 94
夜鷹の宵だくみ よたかのよいだくみ 94
夜半立鳥 よはたどり 178
喚子鳥／呼子鳥◆ よぶこどり 170・171・178
寄羽の橋◆ よりはのはし 150
夜の鶴 よるのつる 63

ら

雷鳥◆ らいちょう 158
乱鶯◆ らんおう 116

り

流鶯◆ りゅうおう 115
霊鷲山 りょうじゅせん 167

る

瑠璃◆ るり 124
瑠璃鳥◆ るりちょう／るり 26・124
瑠璃囀の鳥 るりてんのとり 26
瑠璃鶲◆ るりびたき 123・124

れ

鴒原の情 れいげんのじょう 105
連雀◆ れんじゃく 110

ろ

老鶯◆ ろうおう 116

わ

若鷹 わかたか 161
別れ烏◆ わかれがらす 33
別れ鳥◆ わかれどり 33
鷲◆ わし 166
鷲の峰 わしのみね 167
鷲木菟◆ わしみみずく 92
渡り鳥◆ わたりどり 13

『定本 柳田國男集 4』 筑摩書房 1968
『明治文学全集 59, 64』 筑摩書房 1968-69
『大木惇夫詩全集 1』 金園社 1969
『前田夕暮全歌集』 至文堂 1970
『与謝野晶子全集』 文泉堂書店 1972
『定本 普羅句集』 辛夷社 1972
『自然暦』 川口孫治郎 八坂書房 1972
『日本古典文学全集 19, 34, 42』 小学館 1972-75
『斎藤茂吉全集 2』 岩波書店 1973
『現代日本文学大系 41, 64, 95』 筑摩書房 1973
『村上鬼城全集 1』 あさを社 1974
『井月全集 増補改訂版』 伊那毎日新聞社 1974
『日本近代文学大系 56』 角川書店 1974
『東西遊記 2』 橘南谿 平凡社東洋文庫 1974
『若山牧水全歌集』 短歌新聞社 1975
『古典俳文学大系』 集英社 1975-77
『子規全集』 講談社 1975-79
『校註 国歌大系』 講談社 1976
『一茶全集』 信濃毎日新聞社 1976-80
『コタン生物記 Ⅲ』 更科源蔵・更科光 法政大学出版局 1977
『左千夫全集 1』 岩波書店 1977
『長谷川素逝全句集』 素逝句碑建立委員会 1977
『臼田亜浪全句集』 臼田亜浪全句集刊行会 1977
『定本 原民喜全集 1, 3』 青土社 1978
『英語歳時記 普及版』 研究社出版 1978
『芭蕉 おくのほそ道』 岩波文庫 1979
『群書類従 訂正3版 11, 15, 16, 19』 塙保己一 続群書類従完成会 1979-80
『季題別 水原秋桜子全句集』 明治書院 1980
『篠原鳳作全句文集』 沖積舎 1980
『現代短歌全集』 筑摩書房 1980-81
『古今和歌集』 岩波文庫 1981
『増補 現代俳句大系』 角川書店 1981
『和歌呉竹集』 績文館 1892
『俳諧文庫 1-20編』 博文館 1897-1900
『俳諧文庫 17-24編』 博文館 1899-1901
『泣菫詩抄』 岩波文庫 1928
『新訂 山家集』 西行 岩波文庫 1928
『川のほとり』 古泉千樫 改造文庫 1929
『梨葉句集』 俳書堂 1930
『校註 松の葉』 岩波文庫 1931
『霽月句集 1』 政教社 1931
『妻木 青々句集』 倦鳥社 1937
『中村憲吉全集 1』 岩波書店 1938
『草径集』 大隈言道 岩波文庫 1938
『酔茗詩抄』 岩波文庫 1938
『短歌叢書 1』 弘文堂書房 1940
『鏡花全集 27』 岩波書店 1942
『露石句集』 水落露石 1943
『定本 川端茅舎句集』 養徳社 1946
『わが住む里』 伊東月草 目黒書店 1947
『月斗翁句抄』 同人社 1950
『木下利玄全歌集』 岩波文庫 1951
『露伴全集 13, 32』 岩波書店 1951-57
『新訂 新訓 万葉集』 岩波文庫 1954-55
『定本 蒲原有明全詩集』 河出書房 1957
『半田良平全歌集』 国民文学社 1958
『日本古典文学大系 60』 岩波書店 1958
『新訂 新古今和歌集』 岩波文庫 1959
『尾崎喜八詩文集 3』 創文社 1959
『句佛句集』 読売新聞社 1959
『枕草子』 清少納言 岩波文庫 1962
『山村暮鳥全詩集』 彌生書房 1964
『新群書類従 10』 第一書房 1966
『与田準一全集 1』 大日本図書 1967
『九條武子歌集』 野ばら社 1968

『新編 日本古典文学全集 12』 小学館 1994
『夢二句集』 筑摩書房 1994
『小鳥はなぜ歌うのか』 小西正一 岩波新書 1994
『日本書紀』 岩波文庫 1994-95
『野鳥歳時記』 山谷春潮 冨山房百科文庫 1995
『日本俳書大系』 日本図書センター 1995
『藤村詩抄』 岩波文庫 1995
『漱石全集 17』 岩波書店 1996
『日野草城全句集』 沖積舎 1996
『〈常用版〉日本大歳時記』 講談社 1996
『新 日本古典文学大系 68』 岩波書店 1997
『寺田寅彦全集 11』 岩波書店 1997
『芭蕉全句』 加藤楸邨 ちくま学芸文庫 1998
『誹風 柳多留全集 新装版』 三省堂 1999
『風雅のひとびと』 高橋康雄 朝日新聞社 1999
『尾形亀之助全集 増補改訂版』 思潮社 1999
『橘曙覧全歌集』 岩波文庫 1999
『新編 俳諧博物誌』 柴田宵曲 岩波文庫 1999
『風翩翻』 齋藤史 不識書院 2000
『増補 俳諧歳時記栞草』 岩波文庫 2000
『鳥の渡りを調べてみたら』 ポール・ケリンガー／丸武志訳 文一総合出版 2000
『山頭火全句集』 春陽堂書店 2002
『空海の詩』 阿部龍樹 春秋社 2002
『京都大学蔵 貴重連歌資料集 5』 臨川書店 2002
『三省堂 名歌名句辞典』 三省堂 2004
『ツバメのくらし百科』 大田眞也 弦書房 2005
『図説 鳥名の由来辞典』 柏書房 2005
『福井県古俳書大観第六編』 福井県俳句史研究会 2005
『三省堂 世界鳥名事典』 三省堂 2005
『野に住みて』 片山廣子／松村みね子 月曜社 2006
『松瀬青々全句集 下巻』 邑書林 2006
『角川俳句大歳時記』 角川学芸出版 2006
『有島武郎全集 6』 筑摩書房 1981
『現代俳句集成』 河出書房新社 1981-83
『八木重吉全集』 筑摩書房 1982
『和漢朗詠集』 川口久雄 講談社学術文庫 1982
『文楽床本集 心中宵庚申』 近松門左衛門 国立劇場事業部 1982
『江戸俳諧歳時記』 加藤郁乎 平凡社 1983
『横光利一全集 15』 河出書房新社 1983
『新編 国歌大観』 角川書店 1983-92
『山家鳥虫歌』 岩波文庫 1984
『古句を観る』 柴田宵曲 岩波文庫 1984
『私の愛鳥講座』 柴田敏隆 東京書籍 1984
『白秋全集』 岩波書店 1984-88
『全集日本野鳥記 5』 川口孫治郎他 講談社 1985
『千載和歌集』 岩波文庫 1986
『俳諧随筆 蕉門の人々』 柴田宵曲 岩波文庫 1986
『俳家奇人談・続俳家奇人談』 竹内玄玄一 岩波文庫 1987
『海辺』 レイチェル・カーソン／上遠恵子訳 平河出版社 1987
『俳書叢刊 8』 臨川書店 1988
『杉田久女全集 1』 立風書房 1989
『丸山薫詩集』 思潮社現代詩文庫 1989
『有慶本春夢草』 二松葦水 1989
『伊藤一彦歌集』 砂子屋書房 1989
『原石鼎全句集』 沖積舎 1990
『碧梧桐全句集』 蝸牛社 1992
『フランシス・ジャム全詩集』 手塚伸一訳 青土社 1992
『寺山修司コレクション 1』 思潮社 1992
『新編 故事ことわざ辞典』 鈴木棠三 創拓社 1992
『決定版 尾崎放哉全句集』 春秋社 1993
『秋天瑠璃』 齋藤史 不識書院 1993
『新編 啄木歌集』 岩波文庫 1993
『詩の散歩道 いいけしき』 まど・みちお 理論社 1993
『村山槐多全集 増補版』 彌生書房 1993
『紅葉全集 9』 岩波書店 1994